COMME DES BÊTES

VIOLAINE BÉROT

COMME DES BÊTES

ROMAN

BUCHET • CHASTEL

ISBN : 978-2-283-03487-3

Ce court roman est le premier fragment d'un projet d'écriture mené depuis trois ans en divers lieux.

Je remercie tous ceux qui m'ont chaleureusement soutenue dans ce travail au long cours :

la région Bourgogne - Franche-Comté et l'alpage du Sapeau-Léger,

la fondation Jan-Michalski,

la fondation des Treilles,

la Villa La Brugère,

le Centre national du livre.

Depuis toujours
nous
les fées.

Depuis toujours
au-dessus du monde d'en bas
à observer ce qui s'y trame.

Nous
les fées
cachées dedans la grotte
à l'aplomb de la paroi
discrètes
curieuses.

Nous
les fées
qui du monde d'en bas
aurions tant à raconter.

1.

Je l'ai eu comme élève. Il doit y avoir vingt ans de cela. Dans une classe avec plusieurs niveaux. En primaire.

Il était vraiment grand de taille. Bien plus grand que ceux de son âge. Et même – il me semble – plus grand que sa mère. Mais je peux me tromper. C'était l'impression que ça donnait. Il était trapu pour un enfant de cet âge. Carré d'épaules. Large, vraiment. Mais surtout – oui, je le répète – vraiment grand.

Non, il n'a pas fini son primaire. Ça s'est – comment dire –, ça s'est mal passé. Pas avec lui, non, avec lui c'était finalement assez simple. Mais avec sa mère. Elle n'a pas voulu accepter. Ce que nous préconisions, elle n'a pas voulu. Le parcours proposé, ce que l'on fait dans ces cas-là, elle a refusé. Elle s'est bloquée, totalement butée. À partir de ce moment-là, il n'est plus revenu. Il n'est plus retourné en classe.

Non, il n'aimait pas l'école – enfin, je ne sais pas si je dois le dire de cette façon. Disons plutôt qu'il avait peur des autres enfants. De moi aussi, je crois. Il avait vraiment peur – du moins c'est mon point de vue, à cause des réactions qu'il pouvait avoir. Je l'avais installé au fond, tout seul. C'était important pour lui, de rester seul. C'était convenu avec les autres élèves. On ne l'approchait pas, on respectait sa solitude. Même moi, j'allais le moins possible vers lui. Si on le laissait au fond, seul, si on l'oubliait – enfin je veux dire si on faisait comme si on l'oubliait – c'était plus facile. Vraiment on aurait pu l'oublier. Il ne faisait pas de bruit, il ne parlait pas. Il n'a jamais parlé. Je pense que c'était de naissance. Mais ça a toujours été compliqué d'avoir des informations à son sujet. Ce qui était très particulier, c'était que si l'on s'approchait de lui, il se mettait à grogner. Il grognait comme un chien – pardon, c'est terrible de le dire comme cela, mais c'était la sensation que l'on avait, un chien. On s'approchait, il grognait. Alors on reculait. Pour qu'il se calme. Par réflexe aussi, pour se protéger. On reculait comme devant un chien – je suis désolée de le raconter de façon aussi crue mais c'est vraiment l'impression que ça m'a laissé. Dès qu'on s'éloignait, il se calmait. Il avait besoin d'un périmètre de sécurité. Il y avait une limite à ne pas franchir. Si on l'approchait trop, il semblait vivre notre présence comme une intrusion. Comme une provocation.

Je ne sais pas ce qu'il comprenait. Je ne sais pas. Je n'ai jamais réussi à le savoir. Je pense que ça ne servait pas à grand-chose qu'il reste assis, seul, au fond de la classe. Ça me donnait l'impression de l'abandonner. En établissement spécialisé on aurait pu l'aider. Lui apporter davantage. Enfin je pense. En classe, au milieu des autres, avec le programme à respecter, je ne pouvais pas faire grand-chose – c'est l'impression que j'avais, je peux me tromper, je ne sais pas.

Oui, j'ai cherché à recontacter sa mère. À reprendre la discussion. Je voulais qu'il retourne à l'école. J'ai essayé. Mais ils habitaient hors du village. Plus loin. À plusieurs kilomètres d'Ourdouch. Si je me souviens bien, ils n'avaient pas le téléphone. Et la mère ne répondait pas aux courriers. Ma hiérarchie aussi a essayé. Ça n'a rien donné. Ils étaient injoignables.

Que lui ait eu un enfant ? Ah non, ça je ne peux pas l'imaginer. Non, ce n'est pas concevable – enfin, moi je ne peux pas l'imaginer. Et avec qui aurait-il pu faire un enfant ? Et même, supposons. Supposons que, je ne sais comment, une femme soit tombée enceinte de lui. Où serait-elle passée ensuite, cette femme, tout le temps de sa grossesse ? Et où serait-elle maintenant ? Non, lui père, je ne peux pas l'imaginer.

Qu'il ait recueilli, trouvé, récupéré – enfin je ne sais comment dire –, qu'il se soit retrouvé avec un jeune enfant et qu'il en ait pris soin, ça me paraît tout aussi improbable. Il ne s'intéressait à rien. Je n'ai jamais réussi à capter son attention. Jamais. Je ne crois pas à cette rumeur qui dit que c'est lui qui élevait cette enfant. Non. Ce genre d'histoire n'existe que dans les contes. Et encore, même dans les contes, quand l'ogre s'intéresse à un enfant c'est mauvais signe.

Il fallait intervenir. C'était la plus sage des solutions. D'où vient cette fillette, qui elle est, ce qu'elle faisait là-haut, on le saura bientôt. Leur vie a toujours été un mystère. On n'y a jamais rien compris. Depuis l'interruption de sa scolarité – et je vous parle d'événements qui ont eu lieu il y a plus de vingt ans –, depuis cette époque, plus personne ne l'a revu.

Oui, j'ai entendu ce monsieur qui raconte avoir établi des liens avec eux depuis des années. Qui dit que l'Ours – parce que tout le monde l'appelle ainsi –, que l'Ours l'aidait à guérir ses bêtes. Je n'y crois pas. Je pense plutôt que voir débarquer la télé donne des idées à certains. On invente des scoops pour se mettre en avant. Pour parler devant un micro. Pour se retrouver au journal télévisé. Non, croyez-moi, tout cela est totalement incohérent. Ce garçon – celui qu'ils appellent donc l'Ours – a toujours eu un très gros handicap mental. Ce handicap l'a rendu totalement asocial. Sa mère a eu le tort de ne pas le confier à des thérapeutes compétents quand il le fallait, comme je le lui avais conseillé. Il ne faut pas chercher plus loin. En ce qui concerne la question de la fillette, on verra. Faisons confiance à la justice.

À mon avis, ce ne peut être que par la mère – cette Mariette –, ce ne peut être que par elle que l'on connaîtra le fin mot de l'histoire. Elle, je suis quasi certaine qu'elle détient l'explication.

Il suffit d'arriver à la faire parler. C'est une forte tête – je suis bien placée pour le savoir. C'est elle, à mon avis, la clé du mystère. Pas lui. Lui, il est incapable de cacher ou d'inventer quoi que ce soit. Et d'ailleurs, cette fillette, pourquoi ne serait-elle pas la sienne, à elle ? Quel âge a-t-elle cette femme, maintenant ? On en a vu d'autres avoir des enfants jusqu'à des âges avancés, non ? Ce que je peux dire – ce que je peux même affirmer – c'est que cette mère a déjà failli avec son premier fils. Que donc la laisser élever un deuxième enfant – qui plus est dans la compagnie de cet aîné qui peut s'avérer violent, vous en avez eu la preuve –, lui laisser cet enfant, le laisser grandir dans pareil contexte familial, me semble plus criminel que de le lui enlever. Voilà ce que j'en pense. Avec cette petite fille, elle se comportait à nouveau de façon irréfléchie, elle ne l'a même pas déclarée – ce n'est pas concevable à notre époque dans notre pays, de ne pas déclarer un enfant. Je pense que cette Mariette, tout comme son grand fils, présente de graves troubles psychologiques. Qu'elle a vraiment besoin d'aide. Je ne la crois pas en capacité d'élever convenablement un jeune enfant – je précise que ce que j'avance là n'engage que moi, mais c'est ce que je pense.

Non, franchement je ne m'attendais pas à pareille histoire – même si j'ai toujours pensé qu'il aurait fallu le faire suivre. Quand il s'affolait, il devenait réellement terrifiant. Je m'en veux de n'avoir pas insisté davantage. De n'avoir pas ramené la mère à la raison. De ne pas être montée jusque chez eux pour lui parler plus longuement. De n'avoir pas réussi à la convaincre. Il fallait qu'il soit suivi. Il le fallait. Ne pas l'avoir fait, on voit à quoi ça a conduit – je ne me pardonne pas de n'avoir pas réussi.

Et donc vous envisagez qu'il l'ait réellement élevée, soignée, protégée ? Lui ? Sincèrement je ne peux pas adhérer, je trouve une telle hypothèse absolument irréaliste. Je n'ai jamais donné cher de lui, lâché en dehors d'un cadre.

Oui, d'accord, cette petite fille est en parfaite santé. Mais mentalement comment va-t-elle se remettre ? Au bout de six ans de cette vie, avec pour seuls contacts l'Ours et cette Mariette, comment a-t-elle pu évoluer ? Comment, sinon par mimétisme, en devenant pareille à ce pauvre gars, à cette femme déboussolée. Tout aussi sauvage et associable. Tout autant qu'eux dans le refus de se mêler aux autres humains. Je l'imagine apeurée, affolée, pressée comme eux de retourner là-haut. Si cette Mariette avait pu m'écouter, on n'en serait sans doute pas là. Mais elle n'a jamais rien voulu entendre de personne. Comment va-t-elle se reconstruire, maintenant, cette enfant ? Comment le pourrait-elle, après avoir vécu un pareil début de vie – alors qu'il aurait suffi de le faire suivre, lui, comme je le proposais.

Nous
les fées
le savons.

Le monde d'en bas
certains
le monde d'en bas
les rend malheureux.

Malheureux
les géants.

À mi-chemin
entre le monde d'en bas
et nous

à mi-chemin
les géants.

Mi-hommes
mi-fées
dans le monde d'en bas
égarés
les géants.

2.

On a le même âge, lui et moi, ou à peu près. Et on était en classe ensemble à Ourdouch, oui.

L'Ours, on l'appelait comme ça à l'école. Je pense qu'au départ c'est venu du fait qu'il n'avait pas de père. Vous n'êtes pas d'ici, alors peut-être vous ne le savez pas, mais c'est une tradition dans nos vallées. Les enfants sans père sont des fils de l'ours, c'est comme ça. Et pour nous, gamins, ça expliquait sa force, ses pattes trapues. En plus il ne savait pas parler, seulement grogner. Donc l'Ours, oui, c'était évident comme surnom.

Je me souviens qu'on avait une trouille énorme de lui. On évitait au maximum de le croiser quand on était seul. Et en même temps il nous attirait terriblement. On passait nos récrés à mettre au point des tactiques. On se mettait à plusieurs, on se cachait, et puis on l'encerclait. De se retrouver coincé au milieu de nous, ça le terrifiait. On le regardait s'agiter. Souvent, à force de panique, il se pissait dessus, ou pire. Ça nous faisait tellement rire qu'il en profitait pour nous échapper. On jouait à le terroriser. On devait attraper l'Ours sans se faire attraper par lui. On montait de véritables battues. C'était des conneries de sales gosses. On était atroces.

D'autres souvenirs de lui, oui je dois en avoir. Par exemple la fois où Mme Lafont avait fait une leçon sur les ursidés. Je me souviens du mot parce qu'il nous avait impressionnés, « ursidé ». Elle avait expliqué le comportement, l'alimentation, pas mal de choses qu'en fait on connaissait parce que des ours, dans le coin, il y en avait eu, dans les familles on en parlait. Le nôtre, d'Ours, on était habitués à ce qu'il ne réagisse jamais en classe, mais ça avait dû lui faire un déclic qu'on parle de ce sujet, parce qu'il s'est levé de sa chaise et il est venu tout seul vers le tableau. Ça n'était jamais arrivé. Il est monté sur l'estrade et il a mimé les gestes de l'animal. Ceux des croquis que montrait l'institutrice. Nous, sur le coup, ça nous a pétrifiés. Même Mme Lafont a mis du temps avant de réagir, de le renvoyer à sa place. J'y ai souvent repensé depuis. Je me demande s'il ne se moquait pas de nous. S'il ne voulait pas jouer au plus con avec ses tortionnaires. S'il ne singeait pas l'ours pour se moquer de notre stupidité à nous, qui étions capables de croire qu'il descendait véritablement d'un animal. Plus j'y pense, plus je me dis que le plus bête dans cette classe n'était peut-être pas celui qu'on croyait.

Ah oui, ça aussi je m'en souviens bien, parce qu'ensuite il n'est plus revenu à l'école. Et ça a fait un trou. Ça paraît idiot, vu ce qu'on lui faisait subir, mais il nous a manqué. Mme Lafont avait convoqué sa mère. C'était en fin de journée. Elle attendait déjà devant le portail quand on a commencé à sortir de classe. On se doutait que ça allait chauffer pour l'Ours. Nous, on était des mouflets, on était curieux, ça nous intéressait de savoir ce qui allait se passer, alors on s'est planqués en face, à un endroit d'où on pouvait voir sans trop se montrer. On n'entendait rien de ce qui se disait bien sûr, mais on s'en foutait, on ne perdait pas une miette du spectacle. Ils sont restés debout dans la cour pour parler. L'Ours était vraiment très grand, bien plus grand que sa mère. Je ne sais pas quel âge il avait, dix, douze ans peut-être. C'était Mme Lafont qui parlait, eux ils écoutaient. Ils se tenaient par la main, mère et fils. Je m'en souviens bien parce que ça nous avait fait tordre de rire, qu'elle le tienne par la main comme un gosse de trois ans alors qu'il ressemblait à un géant. L'institutrice, en face, c'était une coriace je vous assure, mais la mère pourtant, pendant tout le discours de Mme Lafont, elle est restée imperturbable, très droite. Elle dégageait une force, cette femme, c'était impressionnant. Et pendant que l'institutrice lui parlait, elle faisait davantage que simplement tenir le choc face à ce qu'elle entendait, c'était vraiment comme si au lieu de s'affaisser elle grandissait sous les coups. Quand Mme Lafont a eu terminé son discours, la mère lui a seulement répondu « non ». On n'a pas pu entendre mais on a parfaitement compris qu'elle lui répondait exactement cela et rien d'autre, « non ». Et c'était d'une audace sidérante quand on connaissait la sévérité de notre institutrice. Tout ce long discours et, en face, juste non. Mme Lafont, ça a semblé la décontenancer. Elle a commencé à s'agiter, à s'agacer. La mère, elle, elle ne bougeait pas. Elle avait dit non, c'était non. Et ensuite il s'est passé un truc qui, moi, m'a sidéré. Devant l'institutrice qui, je vous le répète, n'était pas une tendre, elle l'a embrassé, lui, son fils, notre idiot de l'école. Et elle ne l'a pas embrassé vite fait, sans y penser, par habitude, non, elle l'a embrassé avec une application et une lenteur incroyables. Ce baiser de mère, moi il m'a bouleversé. Vraiment. Un pareil amour entre une mère et son fils, je n'avais jamais vu ça. Je ne savais pas que c'était possible.

De lui, je garde cette double image : une puissance terrifiante, une douceur exceptionnelle. Et ça pourra vous paraître bizarre, ou contradictoire, mais je n'ai aucun mal à l'imaginer s'occupant d'un enfant. Par contre, jamais je ne m'amuserais à approcher cet enfant. Vous avez bien vu ce qui est arrivé à ce randonneur. C'était de l'inconscience. L'Ours l'aurait tué que ça ne m'aurait pas surpris. Nous qui avons été en classe avec lui, on sait tous qu'on ne doit jamais le mettre en colère, jamais, surtout si on ne fait pas le nombre face à lui. Si on l'a baptisé l'Ours, ce n'est pas pour rien.

Je suis absolument d'accord avec vous. La loi est la loi, et doit s'appliquer à tous. Et il n'est pas normal qu'une petite fille de cet âge vive ainsi, inconnue, déclarée nulle part. Et je comprends aussi qu'il faille mener une enquête pour savoir d'où elle sort. Je comprends. Mais ce qui me gêne, si je peux me permettre, c'est qu'il me semble que, parce que le cerveau de l'Ours ne fonctionne pas comme le nôtre, on ne s'imagine pas qu'il puisse être père. Pourquoi ne pas envisager l'idée qu'il ait connu une femme ? Pourquoi s'interdire d'imaginer que cette petite soit sa fille ? Avec la mère qu'il a eue, ça ne m'étonnerait pas qu'il soit devenu un père plus attentionné que n'importe lequel d'entre nous. Ça ne m'étonnerait pas.

Si je comprends bien, vous imaginez plutôt une histoire du genre : il séquestre une pauvre fille dans la grotte, il lui fait un gosse, il attend patiemment neuf mois et, après l'accouchement, il prend le bébé et tue la mère. Là, si vous voulez mon avis, vous partez de travers. Lui, monter un plan pareil, c'est impossible. Demandez à tous ceux qui l'ont un jour côtoyé. C'est impensable. Si vous envisagez un tel scénario, pardonnez-moi de vous le dire un peu brutalement, mais ça prouve que vous ne cernez pas encore le personnage. Je suis juste d'accord sur un point. Je mettrais ma main au feu que c'est sa fille. Si la gosse a tenu pendant des années en vivant cette vie extrême, c'est parce qu'il prenait soin d'elle, parce qu'il lui donnait suffisamment d'amour. Cet amour lui aura permis de grandir et d'être heureuse, même dans des conditions qui nous paraissent effroyables. Si elle a tenu, c'est grâce à lui. Vous avez entendu ce que dit l'autre gars, celui qui court en montagne, Luc je crois qu'il s'appelle. Il raconte qu'il les croisait de temps en temps, qu'ils s'entendaient à merveille, la gamine et l'Ours. Moi, de l'Ours, plus rien ne m'étonne. Et qu'il ait réussi, malgré la lourdeur de son handicap, à se construire une famille, je trouve ça formidable.

Nous
les fées
la voyons
la peur des géants.

Tellement peur
dans le monde d'en bas
les géants
peur partout en bas
peur en bas tout le temps
de tout.

Apeurés
terrifiés
par le monde d'en bas
les géants.

3.

Mariette. Ma femme et moi nous l'appelons Mariette.

Oh, Mariette, elle s'est installée ici, ça doit faire trente ans ou à peu près. Oui, ça doit être à peu près ça, parce que notre dernier venait de naître. Son fils, à l'époque il était bébé, comme le nôtre, ou pas beaucoup de différence. Elle l'avait avec elle. On s'était même demandé où se trouvait le père. S'il y avait un père. On ne peut pas s'empêcher de se demander dans ces cas-là. Une jeune mère, un bébé, vous comprenez.

C'est moi qui lui ai vendu la grange. Ça ne valait pas grand-chose, ce n'était plus possible de travailler des terres si rudes. C'est sacrément pentu là-haut faut dire, et autour ça commençait de s'embroussailler, et moi j'avais autre chose à faire qu'entretenir ce coin perdu. C'était bien tombé qu'elle cherche. Je ne sais même plus comment ça s'est fait, mais au final je lui ai vendu la grange et un peu de terre autour. Elle était contente et moi aussi. C'est ça qui compte.

Oh, ensuite on l'a revue comme tout le monde. Au village, quand elle accompagnait son garçon à l'école, surtout qu'on habite juste à côté. Et on continue de la voir sur le marché de Saint-Marcel aussi des fois. On se dit bonjour, comme on fait avec les gens. Rien de plus.

Non, je n'y étais plus remonté. On vit à Ourdouch, je vous l'ai dit, dans le village même. Là-haut, je ne savais pas comment c'était devenu. Je voyais ce qu'on voit d'en bas, de la route, ce que voit tout le monde. De la forêt partout. Mais là-haut, non, je n'y étais pas remonté. C'est chez eux, ce n'est plus chez moi, je ne vois pas pourquoi je serais allé les embêter.

Oh, c'était petit, une grange pour les brebis. Je ne sais pas, six mètres sur quatre peut-être. Avec tout le mur nord enfoncé dans la terre. Le toit, derrière, il arrivait au ras du sol tellement c'est raide tout autour. Il faut des bonnes jambes pour travailler dans ces pentes. Autrefois on fauchait tout, c'était encore des prairies. Les granges servaient pour rentrer le foin, pour nourrir le troupeau à la mi-saison. On ne vivait pas là-haut, c'était pour les bêtes juste. Les gens, ils habitaient tous au village. C'est ceux qui sont arrivés après qui ont eu cette lubie, de vivre plus haut. Ils ont commencé à racheter des ruines par-ci par-là, dans toutes les vallées, à les retaper en maisons. Ça ne se faisait pas, ça, avant. Non, ça ne se faisait pas.

Oh, nous, ma femme et moi, ça ne nous gêne pas. Les gens, ils font comme ils veulent, du moment qu'ils ne dérangent personne. Nous ça nous arrangeait de la vendre, cette grange, elle ça l'arrangeait de l'acheter, alors tout allait bien. On n'allait pas se plaindre. Non, nous ça ne nous embête pas que des gens s'installent par en haut.

Oui, vos collègues m'ont fait monter avec eux dans l'hélicoptère. Parce que je connais bien le coin, je pense. Et aussi parce que la grange, comme je vous l'ai dit, c'est à moi qu'elle l'avait achetée. Je n'étais jamais monté en hélicoptère, je n'avais jamais vu le paysage comme ça, d'en dessus. Croyez-moi, ça a sacrément changé. Ça s'est beaucoup refermé à certains endroits. Il n'y a presque que de la forêt là où j'avais connu des prairies. Je m'y attendais vous me direz, c'est partout pareil, ça ne m'a pas surpris. Par contre, autour de la grange, celle où ils vivent, c'est vraiment propre, bien tenu. La forêt n'est pas aussi épaisse qu'elle en a l'air depuis en bas, on voit que des bêtes y pâturent, elles ont ouvert des clairières, des passages. J'ai vu quelques prairies, bien jolies. Je ne me serais pas douté qu'ils avaient si bien entretenu. Près de chez eux j'ai aperçu des vaches, des jeunes il m'a semblé, des génisses. Et plus haut, un troupeau de chèvres. Au bruit du moteur, elles ont toutes détalé dans les rochers.

Oui, vos collègues savaient vers où il fallait chercher. Ils avaient noté l'endroit sur leurs cartes. On a tourné autour de ce point. C'est assez loin de la grange. Sous la falaise qui domine les Jousses, juste au pied.

Non, on ne cherchait pas la grotte. Ce qu'on voulait c'était repérer l'enfant. Et aussi le grand fils de Mariette, parce que les gendarmes se doutaient qu'il allait essayer de fuir en les voyant arriver.

Oh, moi la grotte je la connais comme tout le monde. À cause de l'histoire des fées. Mais je n'y suis jamais monté, c'est trop difficile à atteindre, il faut être bon en escalade.

L'histoire ? Vous ne la connaissez pas ? Ma grand-mère nous la racontait quand on était petits. Si on n'était pas sages, les fées nous enlèveraient et nous garderaient avec elles dans leur grotte, et plus jamais on ne pourrait redescendre au village. Et celui qui, par curiosité, s'aventurerait jusqu'à la grotte amènerait le malheur sur sa famille pour des générations. Ma grand-mère disait sans doute ça pour qu'on ne s'amuse pas à essayer d'y aller voir. Ou alors elle le croyait vraiment. En tout cas ça fonctionnait. Ça nous retenait d'aller traîner là-haut. Ça fait que non, je ne l'ai jamais visitée, la grotte.

Non, je ne leur en ai pas parlé. Je ne pensais pas du tout à la grotte à ce moment-là. Je vous dis, on tournait pour repérer l'enfant dans le coin où le randonneur avait signalé sa présence. Vos collègues m'avaient pris avec eux pour chercher la gamine. Ça ne me serait pas venu à l'esprit de leur causer des fées.

Si j'ai autre chose à ajouter ? Voilà, ma femme et moi, ce qui nous intrigue, c'est que Mariette n'ait pas élevé la petite. Qu'elle l'ait laissée à son fils. Parce qu'elle, on vous l'a dit, on la connaît depuis le début, quand elle est arrivée. C'est quelqu'un de réfléchi, de posé. Alors comment c'est possible qu'elle ait laissé faire une chose pareille ? Pourquoi elle a permis à son fils de garder cette fillette dans la grotte ? Pourquoi elle ne l'a pas récupérée dans leur maison ? Même s'il s'agissait de la cacher, la petite aurait quand même été mieux chez eux, non ? Nous, c'est surtout ça qui nous interroge. Pourquoi Mariette n'a pas demandé à son fils de ramener la petite chez eux ? Ou alors c'est qu'elle ne savait pas. Peut-être qu'elle n'est pas intervenue parce qu'elle n'était pas au courant. Mais comment il a pu cacher un secret aussi énorme pendant si longtemps ? Surtout à sa mère, vu qu'avec elle il avait l'air de communiquer quand même. Parce qu'il lui fallait bien nourrir la petite, il lui fallait bien trouver des vivres et des affaires pour elle. Comment Mariette n'a rien vu, ma femme et moi, ça on se le demande.

Auprès de nous
les fées
disparaît
la peur des géants.

S'envole
la peur des géants
avec nous
les fées.

Alors
les entendons rire
entendons rire les géants
entendons tinter
à nos oreilles de fées
leur rire.

À nos oreilles
comme des chatouilles
le rire des géants.

Leur rire
pour de petits riens
un rayon de soleil sur le nez
trois fourmis soulevant un brin d'herbe
leur rire
aux géants
pour de petits riens.

4.

Ben, j'habite au hameau des Jousses, et je dois être leur premier voisin. Même si je suis pas à côté quand même. Le sentier pour chez eux, il part un peu après les Jousses, mais il faut connaître pour le trouver. Il rentre dans la forêt et après il grimpe fort, pendant deux cents mètres de dénivelé peut-être. En distance je peux pas vous dire combien ça fait exactement. On compte pas en kilomètres ici, c'est la montagne.

Non, elle a pas de voiture. Je lui en ai jamais connu. Mais on s'arrange. Le samedi, ceux des Jousses descendent à Saint-Marcel alors c'est facile. On la prend avec nous. Elle a son sac plein de trucs à troquer. Elle laisse toujours quelque chose à celui qui la conduit. Elle est pas obligée, tout le monde le fait pas, mais elle oui. Je sais pas si c'est à cause de ces petits détails, mais moi je l'ai toujours bien aimée, même si elle est sauvage.

Ben je dis sauvage parce que je sais pas comment dire, mais c'est peut-être pas vraiment le bon mot. Elle est gentille, polie, mais personne s'amuse à l'approcher de trop près. On respecte son intimité. C'est comme si elle avait une carapace. On perce pas sa carapace. On s'y risque pas. On sent qu'il faut pas, qu'elle veut pas. N'empêche que je l'aime bien. Et comme voisine, il y a rien à dire. Jamais un problème. Et débrouillarde, ça c'est certain. Parce que des femmes seules il y en a eu quelques autres, mais elles rencontrent toutes un jour quelqu'un, elles s'installent avec, elles se séparent. Elle, non. Elle, c'est son Ours de môme et rien d'autre.

Ben en bagnole on parle de tout et de rien. Du temps, du jardin, je sais pas, comme avec tout le monde, quoi.

Non, lui je le vois jamais. Il descend pas jusqu'aux Jousses. Il faudrait monter là-haut pour le croiser, et là-haut j'y monte pas. Les chasseurs, peut-être qu'ils en savent davantage.

À part eux, je vois pas qui d'autre pourrait passer par là.

Ben j'ai beau être leur premier voisin, j'en sais pas plus. On nous parle d'un enfant qu'on leur aurait retiré, mais je savais même pas qu'il y avait un enfant chez elle. Elle m'en a jamais rien dit.

Je l'ai appris par la rumeur. J'avais vu les voitures des gendarmes passer pour se garer au début de leur sentier. Et l'hélico juste après. Mais j'ai pensé à un accident. Les explications, je les ai eues qu'ensuite. Qu'on avait monté un traquenard pour leur prendre un enfant qu'ils auraient caché. Que cet enfant était pas à eux. Qu'ils l'avaient sans doute volé. Qu'eux aussi avaient été embarqués, conduits au poste. Qu'ils étaient en garde à vue.

Ce que j'en pense ? Vous voulez vraiment savoir ce que j'en pense ? Je vous préviens, vous allez pas aimer. Mais moi ça me gêne pas de vous dire vraiment ce que j'en pense.

Ben j'en pense que c'est n'importe quoi. Que des gens comme eux, discrets, qui font de tort à personne, on devrait les laisser en paix. Je comprends pas pourquoi on les a arrêtés. Pourquoi on les laisse pas tranquilles en attendant de savoir. Vous avez vu le battage médiatique que ça fout ? Le bordel que ça met dans ce coin où d'ordinaire il vient presque personne ? Tout ça parce qu'on aurait dégotté un enfant sauvage. Mais ça existe pas les enfants sauvages ! Un enfant c'est un enfant, un point c'est tout. Et puis c'est quoi cette histoire de môme volé ? On se croit où là ? À Chicago ? Et à qui ils l'auraient volé ? Et comment ? Lui il descend jamais de là-haut. Et elle, elle va pas plus loin que le marché de Saint-Marcel le samedi, et quand elle remonte c'est en voiture, avec moi ou un autre. Si elle avait ramené un gosse, il y aurait bien eu quelqu'un pour le voir, non ? Je vous dis, c'est n'importe quoi. Moi ça me débecte, ce genre de délire.

Pourquoi ça me débecte ? Parce que vous savez d'où je viens, moi ? D'un foyer. Je suis un gosse placé, moi. Et maintenant, ce môme qu'on leur a enlevé, il va devenir quoi ? On va le foutre en foyer comme moi. Ah c'est sûr qu'il va voir le changement entre sa vie là-haut et la vie d'en bas. Qui vous dit qu'il était pas heureux jusqu'à ce qu'on fasse cette connerie de se mêler de son avenir ? On y pense à ce qu'il va devenir ce môme, on y pense ou tout le monde s'en fout ? Moi j'en ai rien à faire de savoir d'où il sort, mais je dis que c'est dégueulasse, voilà, il y a pas d'autre mot, c'est dégueulasse de pas laisser les mômes vivre leur vie en paix. Et puis pourquoi on les emmerde, Mariette et l'Ours, et pas moi par exemple ? Moi, à vol d'oiseau, je suis plus proche de cette foutue grotte qu'eux. Qui vous dit que c'est pas moi qui l'ai planqué là-bas, le môme ? C'est pas parce qu'un touriste s'est fait foncer dessus par l'Ours que ça veut dire forcément que l'Ours et le gosse ont un lien, non ? Vous avez pas écouté ce que dit Albert ? Vous connaissez pas Albert ? Je vous conseille d'aller le voir, et de bien l'écouter. Il vous le dira que l'Ours ferait pas de mal à une mouche, que s'il a pu paraître agressif c'est qu'il a pas dû supporter de voir des inconnus si proches d'un petit sans défense, que ça a dû le faire réagir. Il a cru le môme en danger, il s'est précipité, il a fait fuir le danger. C'est tout. Et dans quel état il va en ressortir, l'Ours, de cette histoire, lui qui a jamais foutu les pieds plus loin que l'école d'Ourdouch, vous y pensez à ça ? Vous imaginez comment ça va le bousiller ? Et pour rien, à tous les coups. Pour rien. Vous imaginez le carnage ? Alors pourquoi vous le relâchez pas ? Pourquoi vous vous acharnez sur lui ? Vous croyez quoi, que ce mec est un terroriste ou quoi ? Mais pourquoi on charcute les gens qui ont rien demandé ? Pourquoi on casse toujours tout ce qui fonctionne ? Pourquoi on a toujours besoin de chercher la merde ? Je comprends pas, moi.

Ben oui, ça m'énerve. Ça m'énerve toute cette surexcitation autour de cette affaire. Vous avez vu tous ces journalistes avec leurs micros et leurs caméras à aller titiller les gens du coin, à vouloir en savoir toujours davantage, à chauffer tout le monde ? Est-ce qu'on va fouiller chez eux, nous ? Est-ce qu'on entre dans leurs maisons ? Est-ce qu'on photographie leurs affaires en train de sécher sur l'étendoir à linge ? Est-ce qu'on aurait idée, aussi rustres qu'on soit, d'être aussi indélicats ? Et même vous, je suis désolé de vous le dire comme ça, mais c'est pas beaucoup mieux. Vous êtes vraiment intervenus comme des bourrins. Je sais, on parle pas comme ça à des flics, mais vous me demandez alors je vous explique. Votre coup de l'hélico, c'était vraiment, vraiment pas malin. Et tout ce boxon pour quoi ? Ça sert à quoi ? Ça aide qui ? Non, moi vraiment je comprends pas.

Nous
les fées
le voyons
le monde d'en bas
entre quatre murs
enfermer
ceux qui vont de travers
les égarés.

Entre quatre murs
enfermer
les géants.

Loin des torrents
des forêts
des bêtes
loin des grottes.

Entre quatre murs
enfermer
les géants égarés.

Les enfermer
pour leur bien
disent-ils.

5.

C’est pas un coin où on va beaucoup. On peut pas y monter en 4×4. Y a qu’un sentier. Nous on va plutôt là où y a des pistes. De leur côté, vers chez eux, y en a aucune. Pourtant, sûr, ça vaudrait le coup, de temps en temps, d’y faire le ménage. Les sangliers, ça doit grouiller. Mais bon, en même temps des sangliers y en a tellement partout, on va au plus simple. C’est pour ça, non, on y passe pas souvent, pas souvent du tout. La dernière fois, c’était peut-être y a quatre, cinq ans. Peut-être plus.

Lui, je l’ai jamais vu là-haut. Elle, oui. Même que ça lui plaisait pas beaucoup qu’on chasse vers chez elle. Ça se sentait qu’on était pas les bienvenus.

Ah non, elle nous a jamais engueulés, non. Mais bon, elle était pas franchement ravie de nous voir débarquer.

Je pense que c'était à cause des troupeaux. Ils ont des bêtes un peu partout autour, en liberté. Ça vadrouille dans la forêt, et c'est vrai que pour nous ça complique. Il aurait plus manqué qu'on leur tire une chèvre ou un veau. Il aurait plus manqué que ça.

Ah, c'était bien entretenu, oui. Pas sale, ça c'est sûr. Mais rustique. Enfin ça avait l'air. De toute façon là-haut y a ni l'eau ni l'électricité, alors forcément c'est rustique. Mais on est jamais entrés dans la maison bien sûr. On a vu que de dehors. Le dehors c'était bien rangé, le bois en belles piles, le jardin bien protégé, avec même du noisetier tressé pour le clôturer. Oui, c'était pas mal du tout. Bon, c'était pas comme on aurait fait traditionnellement, ça faisait un peu hippie, mais ça ici on est habitués, y en a d'autres dans la montagne. Mais chez eux c'était pas mal. Ça faisait hippie, mais hippie sérieux, ça faisait pas gitan comme chez d'autres.

Ah, mais ça on le fait qu'avec les vrais agriculteurs. On leur rapporte un morceau du sanglier qu'on a chassé sur leurs terres. Oui, on le fait toujours. Mais elle, elle est pas agricultrice.

Alors non, on lui a jamais rien rapporté. Et puis de toute façon on chasse pas beaucoup chez elle. Et d'ailleurs, des terres, elle en a presque pas. Des terres vraiment à elle. C'est pas à elle ce qui est autour. Elle l'utilise, mais c'est pas à elle.

Oh, c'est à je sais pas qui. C'est compliqué. Tout le monde a des bouts de parcelles minuscules partout. Et puis y a des héritages qui se sont pas faits, des indivisions. En plus la forêt a tout recouvert, on reconnaît rien. Et puis c'est raide. Ça a plus beaucoup de valeur. Tout le monde préfère s'en foutre de savoir à qui c'est. Il vous faut regarder le cadastre, si ça vous intéresse.

Oui, nous on a pensé tout de suite que la gamine, il la cachait dans la grotte aux fées. Parce que là où ils l'ont retrouvée, c'est juste à la verticale de la grotte.

La grotte aux fées ? Ah non, c'est pas nous qui l'appelons comme ça, c'est son nom. Enfin peut-être pas sur les cartes, mais dans le pays tout le monde dit « la grotte aux fées ».

Ah, c'est une légende qui se raconte depuis toujours. Que les fées vivaient dans cette grotte parce qu'elle est inaccessible. Qu'elles volaient les bébés dans les villages pour les ramener là-haut. Qu'elles pouvaient pas résister à voler des enfants parce que c'étaient des femmes, mais que des enfants elles étaient pas capables d'en faire. Que lorsqu'elles avaient attrapé un enfant, on s'en rendait tout de suite compte d'en bas, parce que devant la grotte elles mettaient à sécher des linges blancs, les couches des bébés.

Non, on n'a pas vu de linges blancs. Non.

Non, on n'y croit pas vraiment, bien sûr. Mais n'empêche que c'est la tradition, la grotte aux fées c'est la grotte des bébés volés. C'est pour ça que nous, quand on a entendu cette histoire d'un enfant trouvé juste dans ce coin, ça nous a donné envie de monter jusqu'à la grotte.

On n'osait pas trop venir vous en parler. On pensait qu'on serait un peu ridicules à vous raconter nos histoires de fées. On a préféré aller d'abord vérifier nous-mêmes. Faut avouer qu'on avait quand même un peu de mal à se décider à franchir le pas, parce que dans la légende il est dit qu'il faut jamais aller récupérer un enfant chez les fées, sinon le malheur va s'abattre sur la vallée. Bon d'accord, l'enfant était plus là-haut, il s'agissait pas d'aller le faucher aux fées, mais on avait un peu peur quand même d'être mal reçus. Au cas où y aurait eu une fée, encore, dans la grotte.

Oui, ça paraît idiot dit comme ça. C'est parce que vous êtes pas du coin, vous pouvez pas comprendre. Nous on se comprenait.

Finalement, c'est les jeunes qui s'y sont collés, vu que la trouille des fées eux aussi ça les faisait marrer. Et puis ils sont plus agiles, plus adroits, ils savent grimper. Parce que monter là-haut c'est pas rien. Pas que ce soit long, non, mais faut du courage. Et du matériel aussi. Les jeunes, ils avaient ça. Nous, on les a guidés d'en bas. Parce que faut connaître. C'est dur d'atteindre la grotte quand on est dans la paroi. On la voit pas quand on grimpe, ni d'en bas d'ailleurs. Faut vraiment savoir où la trouver. On a vite fait de passer trop à droite ou trop à gauche. Ils sont montés à deux. Les mieux entraînés pour la grimpe. Encordés. Pour voir si dans la grotte y aurait pas quelque chose.

Ben, y avait ce que vous avez dû trouver quand vous y êtes montés après. Des hardes,

des vieux habits, des couvertures, un peu de vaisselle. De la nourriture aussi, ils ont dit. Comme un campement, quoi. La preuve que quelqu'un était passé par là. Ou avait fait plus qu'y passer. Y avait vécu. Les jeunes ont dit aussi qu'y avait deux bancs, deux tout petits bancs, des bancs de môme. C'est les bancs qui les ont le plus marqués. Ils ont dit qu'elle était là, la preuve. Que dans la grotte y avait des gosses qui devaient vivre, et plusieurs, puisqu'ils avaient même des bancs, comme à l'école.

Le savent
ceux du monde d'en bas
que nous
les fées
dedans la grotte
vivons cachées.

Le savent
que nous
les fées
depuis toujours
les observons
les regardons
les écoutons
raconter à leurs enfants
de se méfier de nous
les fées.

Car
disent-ils
nous volons les bébés.

Nous
les fées
volons les bébés
disent-ils.

Mettent en garde leurs enfants
jamais
surtout jamais
personne
ne doit chercher à reprendre
les bébés
volés par les fées.

Personne
surtout
jamais.

6.

Vous voulez que je vous raconte comment ça se passe ici pour nous ? Vos collègues, ceux en poste dans le coin, vous ont pas fait un topo ?

Oui oui, je suis d'accord pour vous donner ma vision des choses. Donc voilà. On est assez nombreux à s'être installés dans cette vallée. Nous, on appelle ça « la vallée » mais en fait c'est plusieurs vallées qui partent de Saint-Marcel et finissent toutes en butant sur la montagne. Donc tous ceux de ces vallées, on se côtoie, on s'entraide, on se connaît les uns les autres, même si ça bouge beaucoup. Ça change, ça vient, ça part, ça arrive de tous les milieux. Des fils de bourges et d'autres qui viennent de la rue. Ici c'est tout mélangé. Il peut arriver n'importe qui. Avec n'importe quel parcours de vie. À la fin, d'ailleurs, on sait plus qui vient d'où. On prend tous un peu le même look, la même dégaine, les pulls en laine, les grosses godasses en cuir, les cheveux hirsutes, la peau du visage bien tannée. Ça permet de brouiller les pistes, de camoufler d'où on sort, de se fondre dans la masse. Enfin je dis ça, c'est pas qu'on ait des choses à se reprocher, non, c'est plutôt pour effacer nos origines, le lien avec nos familles. Mais vos collègues ils le savent tout ce que je vous dis là. Ils nous connaissent. Ils nous observent. Ils vous diraient à peu près la même chose que moi, je pense.

Mariette, c'est vrai qu'elle est là depuis longtemps. Elle était déjà là quand moi je suis arrivé. Mais elle s'est jamais trop mélangée. Au début on allait la voir, on la poussait à nous rejoindre, à faire des trucs avec nous. Je crois que c'est à cause de son fils, c'est pas simple la sociabilité avec un gamin pareil. En plus ils habitent vraiment tout au fond de la vallée, les tout derniers de leur vallée je veux dire. Il faut en vouloir pour grimper jusque chez eux. Alors à force d'insister et que ça serve à rien, on s'est fatigués d'essayer de la tirer. Si elle préférait rester seule avec son gamin, si c'était ce qu'elle voulait, on n'allait pas lui imposer autre chose. On lui a foutu la paix.

Oui, le samedi elle descend au marché. Mais seule. Son fils, il l'accompagne jamais. Elle a pas de stand, tout dans le sac à dos. Elle vend comme ça, à la sauvette. Je devrais peut-être pas vous le dire, à vous, c'est pas très malin de ma part, mais bon. D'ailleurs je suis même pas sûr qu'elle vende beaucoup, elle troque surtout. Ses courses, elle les fait comme ça. Ça choque personne. Par exemple, moi, elle me prend le pain tous les samedis, contre du fromage quand elle en a, ou autre chose. Elle a toujours quelque chose. Quand elle a écoulé sa marchandise, elle repart. Elle reste pas, elle boit jamais un coup avec nous autres. Elle repart et on la voit plus jusqu'au samedi d'après.

Nous on l'appelle Mariette. Son nom de famille, je le connais pas. Entre nous on s'appelle par nos prénoms ou par nos surnoms. Elle, c'est Mariette. Il y en a qu'une dans le coin. On sait de qui on parle.

Non, au marché on n'a jamais rien remarqué dans son comportement qui ait changé. Elle a toujours troqué à peu près les mêmes choses, elle repartait toujours aussi vite, elle restait discrète.

Non, rien n'a jamais changé ces dernières années. On l'a jamais vue enceinte, c'est certain. Ni non plus acheter quoi que ce soit qui aurait trahi la présence d'un bébé ou d'un jeune gamin chez elle. Non, rien. Qu'il y ait eu un enfant avec eux, ça on le savait absolument pas avant que l'affaire éclate. On est comme vous, on découvre. On sait pas davantage que vous d'où sort cette gamine. Ni de qui elle est la fille. Il se raconte que ce serait la sienne, à elle. Mais, dans ce cas, qui serait le père, ça on n'en a aucune idée. Et sinon, comment la gamine serait arrivée là, non, on n'en sait rien non plus.

Moi, les bras m'en sont tombés. J'en ai pourtant vu des expériences dans ce coin. Des qui se construisent des cabanes dans les arbres, des qui enterrent leur maison sous le sol, des qui marchent pieds nus même en hiver. Mais une môme planquée depuis des années dans une grotte inaccessible, alors ça, là je vous avoue, personne avait été jusqu'à cette extrémité.

Des enfants qui naîtraient dans la montagne sans être déclarés ? Je vous dirais pas que c'est impossible, vu qu'ici rien n'est impossible, c'est un peu une terre d'expérimentation, vous allez vite vous en rendre compte, mais non, moi j'en ai jamais connu. Des femmes qui accouchent à domicile, ça oui. Mais sans sage-femme, ça doit plus se faire, plus personne veut prendre le risque. Au début où j'étais là, oui, mais plus maintenant.

Oui, des filles qui arrivent ici enceintes, il y en a aussi, bien sûr. Qui arrivent seules, je veux dire, sans mec, oui. On les accueille. Elles font leur môme, elles se reconstruisent une vie. Ici ou plus loin. Ça bouge beaucoup. Mais une fille qui serait arrivée enceinte et repartie sans son gosse, non, ça me dit rien.

Nous
les fées
ne volons pas les bébés
non.

Nous
les fées
ne volons pas les bébés
mais
soulageons d'eux leurs mères.

Si elles n'en veulent pas
de leurs bébés
les mères
nous
les fées
les soulageons.

Le savent
celles qui
mères
ne se veulent pas.

Le savent
que leurs bébés
à nous
les fées
celles qui mères ne se veulent pas
à nous
les fées
peuvent les confier.

7.

C'est pas vrai. Ils se trompent ceux qui vous racontent que personne passait chez eux. Ce sont pas des sauvages. C'est ce que tout le monde croit, mais c'est pas vrai. J'ai laissé dire ces conneries pendant des années parce que c'était convenu comme ça entre nous, mais maintenant je peux plus me taire. Maintenant, vu ce qui se passe, il faut que je le dise. Mariette et son fils, c'est pas des sauvages, c'est même des gens très bien. Je le sais, puisque moi je vais chez eux régulièrement, et qu'on fait affaire ensemble depuis longtemps.

Pourquoi personne m'a jamais vu y aller ? Parce que je passe pas par en bas. Moi j'y vais pas par les Jousses. J'arrive par la crête. Par au-dessus. Vous voyez comment c'est, chez eux ? Bien. Leur grange, elle est vers mille cent mètres d'altitude. Au-dessus, ça grimpe très raide, de la forêt, des rochers. Plus on monte et moins il y a de forêts et plus il y a de rochers. Et puis on arrive en crête, en gros vers mille six cents mètres. Et si vous regardez de l'autre côté de cette crête, sur l'autre versant, et bien étonnamment c'est pas raide du tout. C'est de la prairie d'été, une estive. Et plus bas, on voit la vallée où j'habite. L'année où je les ai connus, j'avais mes vaches là-haut. Je montais régulièrement depuis chez moi voir le troupeau, contrôler que tout allait bien. C'est comme ça que ça a commencé, avec mes vaches et lui qu'était encore qu'un môme.

Oui, oui, je sais ce qu'on raconte de lui, qu'il a peur des gens. Oui je sais tout ça. Mais moi j'avais les vaches. C'est par les vaches que j'ai pu l'approcher. La première fois, quand je l'ai aperçu, il était au milieu d'elles. Dans le troupeau. Je l'ai découvert aux jumelles. Lui, à l'œil nu, il pouvait pas me voir. Il faut que je vous explique. J'avais fait comme d'habitude. Quand je monte à l'estive depuis chez moi, le troupeau je le cherche d'abord aux jumelles, de loin. Et voilà que je vois ce type au milieu de mes bêtes. Je me suis dit « c'est quoi, ce guignol dans mes vaches ? ». J'ai essayé de comprendre ce qu'il foutait. Il était avec une, et pas n'importe laquelle, la Bourrache, celle qui avait le bassin abîmé. Cette bête, elle s'était blessée quelques jours avant, ça me tracassait. Elle avait tout l'arrière-train qui avait morflé. Elle avait dû se foutre dans un trou, se faire mal pour se sortir d'un endroit où elle s'était coincée. La fois précédente, je l'avais retrouvée boiteuse, triste, la tête en bas comme une qui va pas fort. C'est emmerdant des pépins comme ça sur l'estive, on peut pas monter avec la bétaillère, on peut pas redescendre la bête au véto, tout est compliqué. J'apportais des médicaments pour un peu la soulager, et puis je voulais voir comment ça avait évolué. Et il y avait donc ce bonhomme justement avec cette vache-là. De loin j'étais persuadé que c'était un adulte, après j'ai su qu'à cette époque il avait même pas douze ans. Je le surveillais aux jumelles. Je l'ai vu poser sa main sur le front de ma bête, entre ses cornes. Je me suis dit « mais qu'est-ce qu'il fout, ce con ? ». Ils sont restés un moment comme ça, tranquilles tous les deux. Après il est passé derrière elle. C'était une bête pas commode cette Bourrache, croyez-moi. J'avais galéré pour l'approcher quand j'avais voulu regarder son bassin. Elle s'était pas laissé toucher et pourtant elle me connaissait, c'est moi qui l'avais fait naître. Mais lui il se tenait à regarder son cul et elle restait pépère. Et puis il lui a posé une main sur chaque flanc, comme ça, comme on le fait avec un chat qui roupille sur le canapé, tranquille. Et elle a pas moufté ma bête. Eh bien ça, croyez-moi, putain c'était fort. On aurait dit qu'il lui berçait les reins, et elle se laissait faire. Moi je m'en épuisais les yeux à les observer de trop loin. Mais j'osais pas m'approcher, surtout que j'avais le chien, je voulais pas déranger. À force, je savais plus qui berçait qui, si c'était lui qui berçait la vache ou la vache qui le berçait. Ça me donnait la berlue. Et puis au bout d'un moment il s'est détaché d'elle, comme si c'était fini, et je me suis dit qu'il allait partir. Mais non, il s'est allongé par terre, je crois qu'il s'est endormi. Ma Bourrache, elle, elle s'est mise à brouter, avec les autres, comme une vache normale. Moi j'écarquillais les yeux pour voir comment elle bougeait son bassin, comment elle marchait. Eh bien, vous le croirez ou pas, mais elle boitait plus ma vache, plus du tout, plus du tout du tout.

Non, je l'ai pas approché cette fois-là. Il m'intimidait ce type. Faut pas oublier que je savais pas encore que c'était qu'un gamin.

Mais le lendemain je suis remonté sur l'estive, j'espérais qu'il allait revenir. Je suis resté loin, comme la veille. J'ai attendu. Ma Bourrache, elle allait bien. Sinon qu'elle avait maigri, on voyait plus trace de son mal. Et puis il est arrivé. Ça m'a surpris d'ailleurs, je l'avais pas vu venir que déjà il était là. Il a d'abord marché vers elle, il est resté un moment à la regarder. Et d'un coup elle a plus semblé l'intéresser, et il est allé en toucher d'autres. Ce qui était incroyable, c'est qu'il s'intéressait qu'à celles qui avaient eu un problème. Il a passé un moment les mains sur le pis de la Gentiane. Comment il pouvait le savoir que ma Gentiane elle avait fait une mammite quelques mois avant ? Moi, ce gars-là, je voulais le connaître, je voulais comprendre. Je voulais aussi lui dire merci pour le bassin de la Bourrache qui était comme neuf. Mais, je sais pas pourquoi, je sentais qu'il fallait pas que je lui saute dessus comme ça. J'ai attendu qu'il reparte en me disant que j'allais le suivre. Sauf qu'il a pas fait comme je m'y attendais. Il a pas pris le chemin vers le bas, il est allé au contraire droit vers la crête et il a basculé sur l'autre versant dans les rochers bien raides. C'est là que j'ai deviné qui c'était, vu que la première habitation de l'autre côté c'est la leur.

Mon gars, ça pouvait être que ce môme qu'on disait grand et fort plus qu'un adulte, et simple d'esprit, et qui vivait seul avec sa mère dans une ancienne grange des Dupuy. Je me suis promis d'aller les voir, sa mère et lui. Mais il m'a fallu plusieurs jours avant d'oser le faire. Et puis j'ai pris mon courage à deux mains. J'avais besoin de lui dire merci. J'ai fait comme lui, je suis passé par la crête. C'était pas simple, croyez-moi, de trouver les passages dans les rochers. Mais j'ai l'habitude de crapahuter, et cette montagne je la connais depuis tout petit, alors j'y suis arrivé. Avant d'atteindre chez eux je me suis mis à siffloter, pour prévenir, pas leur tomber dessus par surprise, pas les effrayer. Elle, elle m'a regardé arriver, j'ai bien senti qu'elle se tenait sur ses gardes, elle avait pas l'habitude d'avoir de la visite. Lui, il avait dû se planquer. J'ai été poli, je me suis excusé de débarquer comme ça. Et je lui ai raconté pour la vache, ce que son gosse avait fait, qu'il l'avait sauvée. Je lui ai dit que son gamin il avait un don. Que c'était de l'or, un enfant pareil. Qu'il fallait en faire quelque chose. Je crois qu'elle a compris que j'étais sincère, que je venais pas pour lui faire du gringue, que c'était son gamin qui m'intéressait, pas elle. Ça devait pas être tous les jours que quelqu'un lui disait du bien de son fils. Entre nous ça a démarré comme ça. Et ensuite, tout ce premier été, on a pris l'habitude de se retrouver sur l'estive, en y montant chacun par notre côté. Le gamin venait toujours avec elle, mais moi je l'approchais pas encore. Elle m'avait expliqué cette peur qu'il avait. Elle disait qu'il fallait lui laisser du temps, qu'il s'habituerait à moi. Alors je le laissais tranquille à s'occuper dans les vaches. Mon troupeau, je l'avais rarement vu en pareil état. D'habitude y en a toujours une ou autre qui a un truc de travers, c'est le principe de l'élevage, on n'est jamais en paix. Mais avec lui elles pétaient la forme, mes bêtes. Toutes les petites douleurs, même les presque riens que moi j'aurais laissés filer ou que j'aurais pas soupçonnés, tout, il calmait tout. Elles avaient le poil magnifique, l'œil vif. Mon chien aussi il adorait le gamin. J'aurais pourtant jamais pensé que ça puisse être un rigolo, ce chien. Moi je l'avais toujours vu concentré sur son boulot, sérieux. Je pensais que ça lui plairait pas trop de découvrir un intrus dans ses bêtes. Je me trompais, j'avais rien compris. C'était pas seulement pour les vaches qu'il était doué, le môme. Le chien, il était fou de joie dès qu'il l'apercevait. Ils se roulaient par terre comme des idiots. Ils jouaient à la course, ils se léchaient. Entre deux rigolades, le môme lui massait la patte qu'il avait un peu sensible, celle du tracteur. Je lui avais roulé dessus quand il était jeune. Moi je l'avais presque oublié cet accident, mais le gosse il l'a deviné tout de suite, que cette patte elle avait souffert.

Disons qu'avec Mariette on a passé un accord. On a mis ça au point cet été-là. Et depuis on s'y est toujours tenus. Ça fait vingt ans que ça dure. À certaines périodes, je bascule chez eux quelques bêtes. On a commencé par des chèvres, parce que leur coin c'est bien adapté, avec la broussaille, les forêts, les rochers. Et puis, de temps en temps, je leur envoie des brebis, quand il y a la petite herbe, en mai, début juin. Et je leur donne aussi les génisses à faire grandir, comme ça elles me reviennent toutes douces, avec lui qui les a amadouées. En échange ils ont le lait, la viande, et je leur file des coups de main pour les travaux. Mais l'accord, il dit surtout que si j'ai du souci avec une bête, c'est lui qui s'en occupe. Dans le pays on raconte que j'ai le don. Ça me fait bien marrer parce que moi je suis vraiment pas un as pour soigner, mais vraiment pas, alors que lui, par contre. Mais Mariette, dès le départ elle m'a interdit d'en parler. Ça aussi c'est dans l'accord, laisser croire que c'est moi qui guéris. Les gens m'amènent leurs bêtes malades. Ils me les confient pour quelques jours. Ils reviennent les chercher seulement quand je fais signe. Je dis que je peux arriver à rien avec le propriétaire dans les parages. Croyez-moi, ça arrange sacrément les éleveurs, quelqu'un qui soigne quand le véto sait plus quoi faire. Ensuite, les sous ou ce qu'on m'a donné, Mariette et moi on se le partage. Oui, je sais, tout ça est pas très légal, mais je suis venu pour tout vous dire, je veux rien cacher, alors ça aussi je vous le dis.

Oui, il vient jusque chez moi. En passant par la crête. Il siffle pour me prévenir qu'il arrive. Parler il y arrive pas, mais siffler oui. Et moi j'ai un sifflement particulier pour lui dire que je suis seul, qu'il peut approcher. On fait comme ça pour se prévenir les uns les autres, on siffle. Sinon je lui cause normalement. Je sais pas pourquoi les gens s'imaginent qu'il est idiot. C'est pas vrai. Il comprend tout, comme vous et moi. Donc il vient chez moi et il soigne. N'importe quel animal. Il enlève le mal, il calme.

Des fois je reste, juste pour le regarder faire. C'est vraiment intéressant à voir. Les bêtes, elles ont immédiatement confiance en lui. Même plus que ça. C'est comme s'il était une vache dans les vaches. Non, c'est même pas exactement ça. Plutôt comme s'il était le dieu des vaches, vous voyez. Enfin c'est compliqué à expliquer. Mais les bêtes, elles feraient n'importe quoi pour lui, ça j'en suis certain. Et si elles pouvaient parler, elles diraient comme moi, qu'on peut vous raconter tout ce qu'on veut, vous nous ferez jamais croire que ce gars-là il est mauvais.

Non, moi non. Moi je l'ai jamais appelé l'Ours. J'ai toujours dit « le Grand Muet ». Même petit, je l'appelais comme ça. Parce que petit, il était déjà immense. Il n'y avait que sa mère pour l'appeler « mon petit ». Pour moi ça a toujours été « le Grand Muet ».

Oui, je vis seul. J'ai toujours vécu seul. C'est aussi paumé chez moi que chez eux. Sauf que ma ferme, elle est dans un coin plus difficile, mal orienté, avec pas beaucoup de soleil et trop de froid. Il y a pas grand monde qui tiendrait le coup à vivre là. Je connais pas une femme que ça a tenté de s'y installer.

Elle ? Oh croyez-moi, je lui aurais jamais touché un cheveu ! Cette femme-là, elle donne envie de la respecter. Et c'était vrai dans le temps, et c'est vrai pareillement maintenant. Savoir qu'elle est là, de l'autre côté de la crête, que je peux lui filer un coup de main quand elle a besoin, que notre petit système d'entraide fonctionne bien, que mes bêtes se portent à merveille, moi ça suffit pour mon bonheur, j'en demande pas davantage.

Ce qu'elle fait, elle ? Si elle a un boulot, vous voulez dire ? Bien sûr qu'elle a un boulot. Elle travaille depuis chez elle, mais pour un patron. Vous savez pas ça ? Tout le monde la prend pour une arriérée à cause de son fils, mais pas du tout. C'est une femme normale, une femme qui a un métier. Comme elle a jamais voulu enfermer son gosse dans une de leurs institutions pour les fous, elle a toujours refusé les aides, ça fait qu'elle est obligée de bosser pour s'en sortir. Et vaillante, je vous jure qu'elle l'est.

Son métier ? Elle fait des bijoux. Et pas de la pacotille, croyez-moi. De vrais bijoux de qualité. Le samedi, en allant au marché, elle poste ceux qu'elle a fabriqués dans la semaine, et elle récupère de nouveaux matériaux. Ils peuvent vous le confirmer, au bureau de Saint-Marcel, qu'elle a une adresse chez eux, en poste restante. Et son boulot c'est déclaré, officiel, bien dans les règles, vous pouvez vérifier.

Non, je savais pas pour la petite.

Je vous jure, je savais pas.

Je peux juste vous garantir qu'elle vivait pas chez eux. Pas dans leur maison en tout cas, puisque moi j'y passais de temps en temps, et donc je l'aurais vue. Je peux vous assurer qu'il y a jamais eu d'enfant chez eux. Et puis permettez-moi aussi de vous dire que vous faites fausse route si vous vous imaginez que le Grand Muet a pu faire du mal à quelqu'un. Lui, il sait seulement prendre soin des autres. Lui, le mal, il le fait pas, il le guérit.

J'en sais rien, d'où elle peut sortir. Peut-être qu'il l'a trouvée. Peut-être que quelqu'un l'avait abandonnée. Je sais pas, moi. Autrefois, les bébés, on les déposait devant le porche des églises, non ?

Eh bien si on l'a déposée chez moi, moi j'en ai rien su. Il faut croire qu'il l'a trouvée avant moi.

Et pourquoi je vous cacherais des choses ?

S'il aurait été capable d'aider une femme à accoucher ? Bien sûr que oui. Mais je pense pas qu'une femme ait pu venir accoucher chez moi. Même si je peux pas vous le garantir parce que j'étais pas toujours là avec lui. Ce dont je suis sûr, c'est que si un jour il a dû aider une femme à accoucher, ça a dû se passer d'une jolie façon.

Et qu'est-ce que vous croyez qu'il faisait avec les bêtes ? Vous croyez que c'est si différent une vache d'une femme quand ça doit faire son petit ? Vous croyez qu'il se pose des questions pareilles, lui ? Si une femme a eu à accoucher, eh bien oui, c'est sûr, il l'a aidée. Les bêtes, il les aide à mettre bas. Et vous voulez que je vous dise quelque chose qui va vous choquer encore plus ? Parce que je le sens bien que déjà je vous choque à dire qu'une femme ou une vache, c'est pareil. Eh bien moi je pense que si une femme a vraiment accouché avec lui, elle a eu de la chance. Parce que faire un petit avec le Grand Muet, ça doit être autre chose que se retrouver au milieu des blouses blanches et de l'odeur et des machines de l'hôpital. Parce que lui, il a pas dû la coucher sur une table avec les pattes écartées en lui disant « pousse ma grande ». Parce que lui, il lui a pas mis les néons dans la gueule et tous ces engins à faire bip-bip autour. Non. Lui, il a dû la laisser bouger autant qu'elle voulait, et se lever et s'asseoir et s'accroupir pour trouver la juste position qui l'aiderait à faire venir son petit. Lui, il a pas dû la forcer à se coucher sur le dos, que c'est une aberration une position pareille pour faire naître. Lui, il a dû la masser et la tranquilliser, et ça a dû être bien joli comme naissance.

Non, j'idéalise pas. Mais c'est peut-être pas facile à comprendre pour vous qui venez de la ville. Les bêtes, les humains, le rapport vous le voyez plus trop. Tout ça c'est plus votre monde, je me doute bien. Pourtant j'idéalise pas, je vous promets.

Nous
les fées
ne volons pas les bébés
non.

Nous
les fées
ne faisons qu'attendre.

Attendre
qu'ils nous viennent
les bébés.

Nous
les fées
ne faisons rien d'autre

savons qu'ils nous viendront
sommes patientes
avons raison de l'être
patientes.

Car
un jour
les géants
au secret de notre grotte
les déposent
les bébés.

Des bébés
sans mères.

Des bébés
tout sauf volés.

Des bébés
à nous confiés
pour qu'ils s'endorment
protégés
dans nos bras de fées.

8.

C'était un bon taureau, mais il avait un problème de fragilité des onglons. Il arrivait plus à saillir. Se dresser sur ses pattes arrière, ça lui mettait trop de poids, il avait mal. Du coup, il faisait plus son boulot. Il aurait fallu le ferrer peut-être, mais j'ai préféré l'amener à Albert. On disait qu'Albert avait le don. Personne l'avait jamais vu faire, mais n'empêche que les bêtes, après, elles étaient plus comme avant. Toutes adoucies, elles revenaient. Détendues. Mon taureau, en quelques jours il s'est métamorphosé. Il lui avait remis le moral. Ses pieds fragiles, il y pensait plus. Il grimpait les femelles comme un jeunot. C'était plus le même, je vous jure. C'est le taureau qui m'a tenu le plus longtemps. Je l'aurais vendu pour rien au monde. Dès que je le mettais dans les vaches, c'était un prince. Il les approchait délicatement, il les reniflait gentiment, et juste au bon moment, pas trop tôt ni trop tard, pile quand elles en avaient envie, hop, il les grimpait. On aurait dit que ça le faisait marrer tellement il était devenu facile, son boulot. Un taureau comme ça, si vaillant, si joyeux, si apprécié des femelles, j'en ai pas connu d'autres.

Alors ça, moi, j'en suis pas revenu. Savoir que c'était pas Albert qui guérissait, que c'était l'Ours. Alors ça ! Qui aurait cru.

Oui, ça m'a chamboulé. Parce que j'ai repensé à mon taureau. Me dire que c'est ce type qu'on disait arriéré, que c'est ce bonhomme-là qui me l'avait rendu si viril, si bon taureau, ça m'a remué, je vous jure. Parce qu'Albert c'était possible. Albert, les bovins il connaît, il est né dedans, mais l'autre, ce grand dadais qui sait même pas parler. Mais s'il le dit, Albert, s'il le dit, c'est que c'est vrai. C'est pas un bonimenteur, Albert. Et quand je pense à toutes les autres bêtes qu'il a soignées. De tout. Des vaches, des brebis, des chiens, de tout je vous dis. On en parlait partout dans le pays du don qu'on croyait qu'il avait, Albert. Et c'était pas Albert. C'était l'Ours ! Et maintenant vous nous l'avez enfermé. Et comment on va faire, nous, avec nos bêtes malades ? On va faire comment, nous, maintenant ?

J'ai écouté ce qui se raconte, que la gamine elle était copain comme cochon avec un âne. Et moi je dis que ça c'est la preuve que la petite c'est la fille de l'Ours, parce que faire copain avec un âne, quand même, il faut être doué. Mais vu ce qu'il leur fait, aux bêtes, l'Ours, vu comment il leur arrange le caractère, moi je dis que la gosse elle a pris ça dans le sang, et que donc ça peut être que sa fille.

Pour la mère de la petite, ça je sais pas. C'est pas quelqu'un d'ici, c'est sûr, parce que, que je sache, dans le coin on n'a jamais eu de femme qui aurait perdu son bébé. Moi je dis que l'Ours, on lui a confié cette gosse. Comme moi mon taureau. Et que tant qu'il veillait sur elle, il pouvait rien lui arriver. C'est ça qu'il faut que vous compreniez, qu'il a rien fait de mal ce brave bonhomme. Juste son travail. Et il me tarde que vous le relâchiez, que vous le laissiez revenir, parce que moi j'ai une vache qui s'est fait une sale déchirure qui lui descend jusqu'à l'œil, et j'aimerais bien que l'Ours la voie, et faudrait pas que ça attende trop sinon son œil elle va le perdre, et ce serait pas de bol pour elle que ce pépin lui soit arrivé en plein quand l'Ours est pas là pour la guérir.

Je vous dis, moi ça m'étonne pas. Si la gosse est en bonne santé, c'est qu'il lui a fait du bien. Faut écouter ce que la môme elle essaie de vous faire comprendre. Moi, mon taureau il me le disait, que ce grand gars, tout simplet qu'il est, il lui avait changé la vie. Ceux qui ont été guéris, s'ils pouvaient témoigner, tous, et on s'en fout que ce soit des taureaux ou des gamines, ils diraient qu'il faut pas punir ce type, que l'Ours il les a sauvés. Moi je veux bien y rester des heures dans vos bureaux, et j'ai pourtant pas que ça à foutre, mais je veux bien y rester dans cette gendarmerie, y rester autant qu'il faudra pour vous expliquer. Parce que mon taureau, si je l'avais repris disons à la moitié du temps, je suis sûr qu'il en aurait pas sailli une, de vache, et que le mal des onglons lui serait revenu. Il faut laisser les choses aller jusqu'au bout, je vous dis. Il faut de la patience. Je comprends que ça choque, une petite dans la montagne avec un simplet et des bêtes, mais moi je dis qu'il faut faire confiance, laisser l'Ours continuer ce qu'il a commencé, parce que peut-être il leur fallait encore du temps, à lui et à la gosse. Mon taureau, vous voyez, il l'a gardé autant que ça lui a semblé nécessaire, j'ai pas cherché à le reprendre avant la fin, je l'ai laissé finir. Et quand Albert m'a dit que c'était bon, là je suis revenu, mais pas avant. Et c'était le bon moment, il était guéri totalement. Vous comprenez ce que je vous explique ? Vous le voyez le lien entre mon taureau et la gamine ? Vous comprenez ou vous voulez que je recommence ?

À nous
les fées
celles qui
mères
ne se veulent pas
confient leurs bébés.

Confient leurs bébés
à nos bras
de fées.

Mais nous
les fées
mères
non
ne pouvons pas.

Nous
les fées
des bébés
ne savons rien faire
sinon
dans nos bras
les bercer.

9.

On a acheté ici il y a trois ans. Une petite bergerie qu'on a un peu retapée pour pouvoir s'y poser, y dormir, y manger. Juste à la sortie du hameau des Jousses, un peu au-dessus. On y vient aux vacances scolaires et certains week-ends aussi.

On a tenu à se présenter aux gens du coin en arrivant. On est aussi montés jusque chez eux. Mais elle n'a pas été franchement aimable, non, c'est le moins que l'on puisse dire. Elle nous a reçus assez froidement, sans nous proposer d'entrer. Elle n'a pas été curieuse d'en savoir plus sur nous. La discussion n'a pas duré plus de deux minutes.

Non, on ne s'arrête jamais à Saint-Marcel. Si on vient jusqu'ici, c'est pour observer la faune sauvage. Le week-end, on a besoin d'être dehors, on n'a pas de temps à perdre.

C'est arrivé l'année dernière, un jour où elle n'était pas chez elle. Il n'y avait que lui. On s'était fait surprendre par un gros orage dans les environs de leur maison. On a couru vers chez eux pour se mettre à l'abri. On a frappé, on a appelé. Comme personne ne répondait, on s'est permis d'ouvrir la porte, d'entrer. Il pleuvait à torrents, et des bourrasques assez violentes. On voulait seulement s'abriter du mauvais temps, se mettre un peu au sec en attendant que ça se calme. Il était à l'intérieur, seul, immense. On ne le connaissait pas. On était trempés. On ne pense vraiment pas avoir eu l'air agressifs. On était même plutôt souriants, soulagés d'avoir trouvé cet abri. Mais il a tout de suite réagi bizarrement. Il s'est mis à paniquer, à pousser des petits cris, à tourner en rond. On aurait dit un animal piégé. Il semblait aussi dangereux qu'un animal pris au piège. Si on s'était approchés, il nous aurait mordus. Il réagissait exactement comme réagit un animal. Il ne se comportait pas comme un humain surpris, mais vraiment comme un animal acculé. On était entrés sans sa permission dans sa bulle, en réaction il nous menaçait d'attaquer. Vu son gabarit, c'était impressionnant. Plus il se sentait coincé, plus ça pouvait devenir dangereux. Attachez un animal et approchez-vous de lui s'il n'en a pas envie. Comme il lui est impossible de fuir, si vous venez trop près il va essayer de vous attaquer à coups de pied ou de cornes. Lui c'était pareil, il ne fallait pas le coincer sinon danger. Il nous a fait songer au travail de recherche de Temple Grandin. Vous connaissez ? Vous devriez y jeter un coup d'œil. Temple est autiste et chercheuse. Elle ressent tout comme les animaux. Elle aurait trouvé logique sa réaction face à nous.

Qu'est-ce que vous vouliez qu'on fasse ? On est ressortis malgré la pluie. On lui a fichu la paix. Et ensuite on a eu l'occasion d'en parler avec des personnes du coin. C'est comme ça qu'on a appris qu'ici ils le surnomment l'Ours. Ce n'est pas un hasard qu'on lui ait donné un nom d'animal.

S'il serait capable de tuer ? Bien sûr, si on le contraint trop. Bien sûr, oui.

C'est à cause des éclats de rire, et surtout parce qu'à ce rire un âne répondait. C'était difficile de comprendre qui entraînait qui. Le rire était plus discret bien sûr, mais il faisait comme une petite musique aiguë en écho aux gros braiments de l'âne. On les a entendus avant de les apercevoir. Une gamine complètement nue, et un grand âne gris. Ça se passait assez loin de la grange où vivent l'Ours et sa mère, bien plus à l'ouest, juste en dessous de la falaise rocheuse qui surplombe les Jousses. On a pensé à une famille de randonneurs, mais on ne voyait toujours que l'âne et l'enfant, aucun adulte. On s'est pris au jeu de les observer tous les deux ensemble. On était subjugués. On ne vous l'a pas dit mais nous sommes passionnés d'éthologie. Les relations des animaux entre eux. Et on n'a pas souvent l'occasion d'être témoins d'une pareille communion interespèces. D'autant que l'animal n'était pas contraint. Ils jouaient ensemble, c'est tout. On est restés pendant des heures. Leur relation était étonnante. Cette enfant était jeune, peut-être savez-vous plus précisément que nous son âge, six ans, sept, pas davantage. L'âne et elle jouaient comme deux bons camarades. Elle se levait, se tenait debout jambes et bras bien écartés et l'âne venait contre elle. Il la poussait du nez, de l'encolure, du poitrail, jusqu'à ce qu'elle ne puisse plus résister et tombe. Quand elle tombait, elle éclatait de rire. L'âne aussi paraissait rire. Bien sûr un animal ne rit pas, mais pourtant c'est la sensation que ça donnait, qu'ils étaient pris ensemble de sortes de fous rires. Et puis elle se relevait et ils recommençaient leur combat. Chaque chute les faisait à nouveau éclater de rire.

Non, on ne s'est pas posé davantage de questions. On pensait que les parents devaient être dans les parages. Et ce qui nous intéressait, on doit le reconnaître, ce n'était pas de savoir pourquoi cette fillette se trouvait seule avec un âne, mais de pouvoir observer leur relation. On tenait là un terrain d'enquête inespéré. On les a vus jouer et puis ensuite s'endormir couchés l'un contre l'autre, l'enfant calée contre le ventre de l'animal. L'âne avait ses naseaux juste au-dessus de la petite fille, comme pour lui souffler dessus de l'air chaud. Là où on s'était postés, on avait un bon point de vue. On regardait, on trouvait ça vraiment instructif. On prenait des notes, on faisait des croquis. On était tranquillement installés, assez discrets pour ne pas les déranger, pour ne pas être surpris non plus. Enfin, on le pensait.

Oh c'est sûr, son intervention nous a calmés. Il faut dire qu'il nous a salement impressionnés.

Une pareille force de la nature. Et aussi incontrôlable. Il est arrivé par au-dessus. On ne se serait jamais attendus à ce que quelqu'un nous débusque par-derrière. Il n'y avait que des rochers dans notre dos, une paroi très raide, aucun chemin. Il nous a littéralement sauté dessus. Il grognait comme un ours. On a vraiment cru se faire attaquer par un ours. Il se déplaçait de la même manière, aussi discret, aussi agile, aussi vif, aussi massif. On n'a jamais eu une frousse pareille. On voyait bien que ce n'était pas un ours, mais on ne pouvait pas ne pas paniquer. On a couru comme des fous dans la pente. Il nous suivait. S'il l'avait voulu, on en est persuadés, il nous aurait tués. Ou au moins blessés. Mais il faut croire que ce n'était pas son but. Il voulait seulement nous terroriser, nous faire dégager, qu'on ne revienne jamais.

Non, on n'y est pas retournés. Le message nous a paru clair, il ne nous donnerait pas une seconde chance.

Oui, à ce randonneur il a dû arriver exactement ce qui nous est arrivé. Tomber sur la fillette et l'âne. Vouloir un peu trop s'approcher d'eux. Se faire charger par l'Ours.

Pourquoi nous on n'a pas porté plainte ? Mais pourquoi auriez-vous voulu qu'on porte plainte ? Chacun fait ce qui lui semble juste. Si ce randonneur a choisi de venir tout de suite vous voir, ça le regarde. Nous on n'a pas réagi comme ça. On comprend qu'il ait eu très peur puisqu'on a eu très peur aussi. Mais à quoi ça sert de porter plainte contre un pauvre type qui n'a pas toute sa tête ? Nous, on connaissait la réputation de l'Ours, et on avait déjà eu ce premier contact difficile avec lui le jour de l'orage. En observant cette gosse qu'il protégeait, on avait à nouveau empiété sur son territoire, on était en tort, c'était à nous de nous effacer. On a seulement réagi comme face à une bête sauvage qui défend son petit. On ne peut quand même pas reprocher à un animal d'avoir de l'instinct, non ?

Oui, on a pensé que c'était sa fille. Ça nous paraissait évident vu la vigueur avec laquelle il la défendait. Il n'y a que ses petits qu'un animal défend de la sorte. Que ce soit sa fille nous a paru logique. Nous paraît toujours logique.

Non, on ne se doutait vraiment pas qu'il y avait une grotte dans ce coin-là. Même quand il nous a surpris et foncé dessus, on n'a pas imaginé qu'il puisse débouler d'une grotte qui se trouverait dans la paroi. On ne connaissait absolument pas l'existence de cette grotte. Elle n'est répertoriée sur aucune carte. On en a entendu parler seulement ensuite, par les chasseurs.

On est retournés dans le coin depuis que vous êtes intervenus. On a revu l'âne. Il nous a paru inquiet. On l'avait trouvé tellement calme avec la petite. On a aperçu des chèvres aussi, plus haut, dans les rochers assez raides. Elles aussi, comme l'âne, sont restées un moment en alerte. Aux jumelles, on les a vues nous observer. On aurait dit que tous les animaux du coin surveillaient les humains. Comme s'ils étaient tracassés par le remue-ménage des derniers jours. Ou perturbés par la disparition de l'Ours et de l'enfant. On a nettement ressenti cette ambiance particulière, très nouvelle, assez tendue.

Nous
les fées
demandons aux géants.

Demandons
aux géants
d'être mères.

Aux géants
parce que nous
les fées
mères
non.

Nous
les fées

nos bras ne savent que bercer
les bébés
des géants.

10.

Je n'habite pas à Ourdouch. Je suis de Saint-Marcel.

Oui, il m'arrive de l'apercevoir, elle, sur le marché.

Non, on ne se parle pas. Jusqu'à cette histoire, on ne s'était jamais parlé. On se faisait un sourire, un signe. On se saluait de loin.

Je cours. Je fais du trail. De la course en montagne. Parfois je m'entraîne par là-bas. Je prends le sentier qui monte depuis les Jousses vers chez eux. Je coupe par la forêt avant d'arriver à leur maison. Les animaux ont ouvert des passages. Je trouve à me faufiler. Je ne déboule pas devant leur porte. Je ne vois pas de quel droit je sortirais juste sous leur nez quand je peux passer plus loin. Je suis discret. C'est une règle de base dans la course en montagne. Ne pas déranger.

Oui, là-haut, ça peut arriver que je l'aperçoive, lui. Au marché, non. Au marché, je ne l'ai jamais vu.

S'ils me voient passer, je leur fais un petit bonjour de la main, c'est tout. Ils ont pris l'habitude. Ils font pareil.

Oui, lui aussi.

Non, non, je n'ai jamais grimpé la paroi jusqu'à la grotte. Je cours seulement. Je ne fais pas d'escalade.

Oui, je savais qu'il y avait une gamine.

Oui, la gamine aussi je l'avais croisée.

Avec l'âne, souvent. Ou avec le grand fils de Mariette.

Je faisais comme toujours, je leur adressais un petit signe de la main, je disais bonjour, je continuais mon chemin.

Je vous ai dit que je tournais dans le coin pour mes entraînements de trail. Mariette et son fils me connaissaient, ils étaient habitués à moi. La petite c'était pareil.

Pourquoi lui n'a pas peur de moi ? Je n'en sais rien. Je ne savais même pas qu'il avait peur des gens. Entre nous c'est simple. Ça a toujours été simple.

Non, je n'ai jamais trouvé la situation anormale. La gamine jouait. L'âne et le grand bonhomme veillaient sur elle. De quoi je me serais mêlé ?

La première fois que j'ai vu la petite ? Ça remonte à deux, trois ans peut-être.

En bas de la falaise, dans l'herbe. Ils faisaient une sieste tous les trois, la petite, le grand gars, l'âne. L'âne aussi avait l'habitude de me voir passer. Il n'a pas réagi en m'entendant approcher. Il a laissé les deux autres continuer leur sieste. Je suis passé discrètement.

Oui, ensuite je les ai revus souvent.

Oui, je savais qu'ils utilisaient la grotte.

Parce que je les voyais y monter ou en descendre.

Oui, ils montaient ou descendaient devant moi.

Comment ils font ? Vous voulez dire comment ils escaladent jusque là-haut ?

Ils connaissent les prises par cœur. Ils sont souples, entraînés. À les regarder, on jurerait que c'est facile de passer ces vingt mètres de mur. Ils montent, ils descendent, comme si la paroi était juste un peu plus raide que le sentier.

Oui, la gamine aussi.

Ils le faisaient souvent devant moi.

Parce que ça m'impressionnait. Je les applaudissais. Ils adorent m'entendre les applaudir.

Oui, c'est ce que je vous dis, ils jouaient à grimper devant moi pour m'entendre les applaudir.

Oui, elle aussi.

Elle aime me surprendre. Me voir écarquiller de grands yeux. Ça la fait éclater de rire.

Oui, éclater de rire.

Non, la petite je ne l'ai jamais entendue parler. Parler comme vous et moi, non.

Moi je leur parlais, oui, bien sûr.

Oui, je suis presque certain qu'ils comprenaient ce que je disais.

Je ne sais pas. Par exemple, elle a un cri particulier pour appeler les chèvres. Ça les fait toutes cavaler dans les rochers. Ensuite, elle pousse encore d'autres cris, de plus en plus doux, jusqu'à ce que tout le troupeau se regroupe autour d'elle. C'est sa façon de les faire descendre quand elle veut boire de leur lait.

Oui, elle boit leur lait. Elle tète à la mamelle, directement. La chèvre ne bouge pas, sinon pour lui renifler la tête, les cheveux, juste ça.

L'hiver, l'été, oui, peu importe la saison. Je pouvais la croiser n'importe quand.

Bien sûr que s'il faisait froid elle était habillée !

Je ne peux pas vous dire. Ça ne m'importe pas, ce genre de détails. Je n'y fais pas attention. Habits d'enfants, habits d'adultes, je ne sais pas. Mais dès qu'il fait mauvais, elle est couverte, oui.

Non, ce n'est pas que je refuse de vous répondre, je dis juste que je ne place pas l'importance sur les mêmes détails que vous.

Ça non plus, je suis désolé, je n'en sais rien.

À qui vous vouliez que je pose des questions ? Eux ils ne parlent pas, et Mariette, je vous l'ai dit, je ne lui avais jamais adressé la parole avant que vous arrêtiez son fils. Pourquoi je serais allé lui poser des questions ?

Pour moi, ils formaient une famille. Ils se comportaient comme un père et sa fille. Ça me suffisait.

Mais qu'est-ce que vous vouliez que ça me fasse de savoir si c'était véritablement sa fille ou pas ? En quoi c'est important ?

Mais je ne voyais rien d'anormal ! Je voyais un père et sa fille, je vous le répète. Je les voyais heureux d'être ensemble. Rien de plus.

Non, la mère de la petite, je ne l'ai jamais rencontrée. Mais ça arrive, non, de voir des pères seuls avec leur fille ? Ça arrive, des couples séparés, non ? Ou des veufs ? Je ne me posais pas ce genre de questions, je vous le répète. C'était seulement un père et sa fille, et moi une vague connaissance qui passait dans leur coin de temps en temps.

Mais je vous l'ai dit ! Je m'en foutais de comment cette petite était habillée ! Ou si elle était nue ! Je m'en foutais autant que s'en foutait l'âne ! Ça change quoi, la tenue que porte un enfant ? Du moment qu'elle n'a pas froid, du moment qu'elle est à l'aise dans ses vêtements, ça change quoi ?

Non, ne dites pas que je mets de la mauvaise volonté. Ce n'est pas vrai. Je fais de mon mieux pour vous aider.

Oui, s'il y avait eu danger, je serais intervenu. Je vous aurais prévenus. Mais il n'y avait aucun danger. Aucun, je vous assure.

Vous essayez de me faire sous-entendre quoi, là ?

Vous voulez m'inculper pour non-assistance à personne en danger ? C'est ça ? Mais qui était en danger ? Qui ? Expliquez-moi.

Nous
les fées
parfois
entendons
du monde d'en bas
certaines voix
s'élever.

Certaines voix
discordantes
dissonantes
les voix de certains normaux
anormalement normés.

Ils rient avec les égarés
puis

un sourire aux lèvres
continuent leur chemin
leur chemin de normaux
anormalement normés.

Cela nous console
nous
les fées
de savoir que certains
dans le monde d'en bas
certains normaux
anormalement normés
des égarés
n'ont pas peur
aux égarés
font confiance
certains.

Cela nous console
nous
les fées
cela nous console de savoir
le monde d'en bas
par endroits
anormalement normé.

11.

Alors là, moi, je peux rien vous dire. La boîte aux lettres, elle est avec celles du hameau des Jousses, et c'est rare qu'il y ait du courrier pour eux, et je crois pas qu'ils viennent le relever souvent. Je sais même pas où ils habitent, il paraît que c'est bien plus haut. Je connais pas par là, je suis pas d'ici moi.

Non, j'ai jamais eu de paquets ou de lettres contre signature. Ou alors je me souviens pas. Mais quand même, je me rappellerais si je les avais vus, si je leur avais fait signer. Non, moi je les connais pas, désolé. Je sais que leur nom, leur prénom. Et puis je fais la tournée que depuis trois ans. Je suis désolé, je peux pas vous aider. Désolé.

Oh là, moi tout le monde me demande ce que j'en sais. Tout le monde me demande parce que je suis chargé de la tournée d'Ourdouch, mais je sais rien moi, je sais rien. Je les connais pas, je vous l'ai dit. Et quand l'hélico est monté, c'était dans l'après-midi, moi j'étais déjà rentré, j'avais terminé la tournée, alors j'ai rien vu. Ce que j'en sais c'est ce qu'on me raconte, ou ce que je vois à la télé. Pas plus.

Ce qu'on me raconte pendant la tournée ? Oh là c'est variable, ça change tout le temps. Un coup on dit que la petite, c'est sa fille à elle. Un coup que c'est sa fille à lui. Il y en a même qui racontent que ce serait la fille des deux, que c'est pour ça qu'ils la cachaient. Il y en a un aussi qui parle de trafic d'enfants, vu que la frontière est pas loin, qu'on passerait des gosses par les cols, pour des dons d'organes.

Qu'est-ce que vous voulez que j'en sache, moi ? C'est vous la police, moi je suis que le facteur.

S'il y a d'autres rumeurs ? Ah oui, il y a aussi ceux qui parlent de l'histoire des fées et des bébés volés. J'ai pas tout bien compris, mais en gros pour eux, si la gamine vivait là-haut, c'est la faute aux fées et pas à l'Ours. Mais cette version-là, c'est seulement les plus vieux qui la racontent, les autres ça les fait doucement marrer. N'empêche que les vieux, entre eux, ils se le répètent, qu'il fallait pas aller la sortir de là-haut cette gosse, que ça va porter malheur, qu'il faut jamais aller contre la volonté des fées, et qu'on va bien voir ce qu'on va voir. C'est un peu délirant, je trouve, mais c'est seulement les vraiment très vieux qui disent ça.

Ah c'est sûr, ça jase. Et ce qui revient tout le temps, c'est « pauvre petite ! pauvre petite ! ». Et on parle aussi de celle qui l'a abandonnée. La mère de la petite. Personne sait qui c'est mais tout le monde en parle. Et là aussi, ça répète « pauvre femme ! pauvre femme ! ».

Préciser ce que disent les vieux ? Je vous l'ai déjà dit, ce problème avec les fées. Les vieux en démordent pas. Les fées, si on a le malheur de leur reprendre un enfant, deviennent pires que des sorcières. Ils disent que ce qui va se passer va être terrible, que le village se remettra jamais de la malédiction. Je vous répète ce que j'entends. Pour eux il faut relâcher l'Ours et ramener la gosse dans sa grotte. Que tout redevienne comme avant. Ils disent aussi que cette Mariette a eu bien du courage d'avoir élevé seule ce pauvre gars qui a pas inventé la lune. Qu'à cette Mariette c'est pas la peine de lui mettre encore d'autres bâtons dans les roues. Voilà ce qu'ils disent, les vieux.

Nous
les fées
savons.

Ce qui
parfois
peut arriver aux femmes.

Ce que certains hommes
parfois
leur font subir.

Nous
les fées
savons.

Comprenons que l'enfant
si enfant il y a
de l'enfant
certaines femmes
ne voudront pas.

De l'enfant
ne voudront pas
nous
les fées
le comprenons.

Sommes là
nous
les fées
pour libérer les mères
des enfants imposés
incrustés
enchâssés
dans leur corps de femmes
sans leur avoir demandé
rien
les hommes
avant.

12.

Pourquoi vous me l'interdisez ? Pourquoi je ne peux pas le voir ? Vous n'avez pas compris que c'est la façon dont vous le traitez qui le panique ? Qu'il est terrorisé ? Que l'enfermer, c'est le pire qui puisse lui arriver ? Vous voulez le rendre fou ? Le rendre définitivement fou ? C'est ça que vous voulez ? Pourquoi vous m'interdisez de le voir ? C'est mon fils, il est perdu, il a besoin de moi. Pourquoi vous ne comprenez pas ?

Non, je ne me calmerai pas ! Vous enfermez mon enfant et vous voulez que je reste calme ? Vous enfermez mon garçon que toute sa vie j'ai justement protégé de ça, d'une vie enfermée. Vous le mettez en cage, et vous me demandez à moi, sa mère, de rester calme ? Mais ils sont où, vos psys, ils sont où ceux qui comprennent quelque chose ? Il n'y a personne chez vous qui s'intéresse un peu aux gens différents ?

Pourquoi je suis aussi en colère ? Mais vous vous foutez de moi ? Vous ne trouvez pas normal qu'une mère à qui on a aussi brutalement, aussi violemment enlevé son enfant soit en colère ? Vous êtes fiers de la façon dont vous avez procédé ? Envoyer un hélicoptère, rien que ça ! Et l'attraper dans un filet ! Vous pensiez capturer quoi ? Une panthère ? Un tigre ? Mais imaginez que l'on ait fait ça à votre propre enfant ! Imaginez ! Et pas à n'importe lequel de vos enfants, non, au plus fragile, à celui dont on vous a toujours dit qu'il n'a pas toute sa tête, qu'il ne comprend rien, celui qui a peur de tout. Imaginez. Vous ne seriez pas en colère, vous ?

Comment vous auriez dû faire ? Mais poliment, proprement, avec respect ! En venant me voir d'abord, moi, sa mère. En m'interrogeant. En me demandant de vous expliquer. En essayant de comprendre avant de sortir la grosse artillerie. En y allant par étapes. Pas en lui sautant à la gorge comme des sauvages ! Pas en jouant aux mercenaires ! Vous aviez du fric à gaspiller, c'est ça ? Des rotations en hélico à amortir ? Vous n'aviez pas fait votre quota d'interventions musclées ? Il vous fallait de l'action, une poussée d'adrénaline ? C'est ça ?

Mais non je ne me calmerai pas ! Ou alors allez me le chercher. Sortez-le de derrière les barreaux où vous l'avez mis. Amenez-le dans cette pièce. Vous n'avez pas compris qu'il ne parle pas ? Il ne peut pas parler, il n'a jamais su. Il ne vous parlera jamais, il en est incapable. Vous pouvez prolonger autant que vous voulez sa garde à vue, enchaîner les interrogatoires, vous ne tirerez pas un mot de lui. Vous ne l'avez pas encore compris, ça ?

Alors allez le chercher ! Amenez-le dans cette pièce ! Qu'il me voie, que je puisse le prendre dans mes bras, le rassurer, le calmer. Il doit être dans un état lamentable. Il ne doit rien comprendre à ce qui lui arrive. Allez le chercher, je vous le demande. Amenez-le-moi. S'il vous plaît. Je ferai de mon mieux, je vous le promets. Avec moi vous pourrez l'interroger. Je vous aiderai. Mais allez le chercher, je vous en prie. Sans moi, vous n'arriverez à rien. Sans moi, ça ne sert à rien.

Je veux le revoir. Je veux que vous me le rendiez. Je vous en prie. Je suis fatiguée. J'attends devant votre porte depuis je ne sais combien de temps. S'il vous plaît, rendez-le-moi, rendez-moi mon fils. Rendez-moi mon petit. S'il vous plaît.

Si vous me promettez que ça peut faire avancer les choses, que ça peut l'aider, alors je veux bien. Si vous me promettez.

Allez-y. Interrogez-moi. Je ferai de mon mieux, je vous le promets. Allez-y.

Non, je ne savais pas.

Je vous le répète, je ne savais pas. Si j'avais su qu'il gardait dans la grotte un enfant, j'en aurais parlé avec lui. Je serais sans doute intervenue. Mais je ne le savais pas.

Oui, il m'est arrivé de penser qu'il se passait quelque chose dans la grotte. Et, oui, j'aurais pu mieux écouter ce que je pressentais.

Quand il devait aller chez Albert, quand il y était, je le savais. Albert et moi communiquions régulièrement. Mais mon fils passait du temps ailleurs, beaucoup de temps. J'en étais certaine.

Et depuis plusieurs années. Je m'y étais habituée. Je ne lui posais pas de questions. C'était entré dans nos mœurs. Il était peu chez nous, il avait un ailleurs, mais il ne m'en disait rien. Je me doutais qu'il s'agissait de la grotte. J'aurais dû le questionner dès le départ.

Je dis « dès le départ » parce qu'il y a eu un moment de bascule. Ça ne s'est pas fait progressivement. C'est à ce moment-là qu'il m'aurait fallu intervenir. Quand son comportement a changé. Je connais cette concentration particulière qu'il a quand il soigne, comment ça le coupe de tout, encore plus que d'habitude. Comment ça le coupe même de moi. À un moment donné, j'ai senti que cet état particulier ne le quittait plus. Comme s'il avait en permanence le souci d'un être.

Je dis « un être » mais, humain ou animal, je n'aurais pas été capable de préciser. Je crois que tout être en souffrance l'interpelle. On lui confiait des animaux, on aurait pu aussi bien lui confier des gens. Je me doutais que ça viendrait un jour. Ça me paraissait inévitable. Ça avait peut-être déjà commencé. Je me disais que pour lui ça ne ferait pas de différence. Il glisserait naturellement des uns aux autres. Ce serait la même chose.

Je suis d'accord, ça semble paradoxal. Il a tellement peur des humains que c'est dur de l'imaginer pouvoir les soigner. Mais face à quelqu'un de malade, de désespéré, je suis certaine que sa peur serait passée à l'arrière-plan. Surtout s'il s'était agi d'un enfant jeune. Ou d'un bébé.

Qu'il passe du temps à s'occuper d'un être humain, peut-être même d'un enfant, oui, j'y ai pensé. Mais presque aussitôt je me disais que ce pouvait aussi être un animal, n'importe quel animal. Humain, animal, je faisais de moins en moins la distinction. Je sentais qu'il s'occupait d'un être vivant, point.

Non il ne m'en parlait pas, je vous l'ai dit. Il ne m'en disait rien. Je dis « parler » mais il ne parle pas, bien sûr, même avec moi. Ce qui ne l'a jamais empêché de toujours me faire comprendre les choses qu'il veut me dire. Au sujet de cet enfant de la grotte, je suis certaine qu'il n'a rien voulu que je sache.

Je ne lui pose jamais de questions sur son travail. Je lui fais confiance. J'ai compris que les bêtes, aussi énormes ou agressives qu'elles puissent me paraître, ne se retourneront pas contre lui. Je l'ai vu au milieu du troupeau d'Albert au tout début. Albert m'a expliqué. Il a commenté pour moi les gestes de mon fils, comment il touchait ses vaches. Il m'a montré leurs réactions à elles face à lui, il m'a expliqué ce que ces réactions avaient de remarquable. Albert me répétait que mon garçon avait un don, qu'il fallait le laisser faire, qu'il sentait le mal, que les bêtes savaient qu'il venait vers elles pour les guérir, qu'elles lui en étaient reconnaissantes, que pour rien au monde elles ne l'auraient attaqué.

Normalement il ne ramenait jamais chez nous les animaux qu'il soignait. Il allait chez Albert, il s'occupait d'eux chez lui. Sauf pour l'âne. C'est vrai qu'il y a eu l'exception de l'âne. Je n'ai pas su exactement ce qui s'était passé avec cet âne. Il n'a pas supporté de le laisser chez Albert. Ou plutôt, je pense qu'il n'a pas supporté que son propriétaire le reprenne. Il a dû sentir quelque chose de mauvais. C'est la seule fois où il a refusé de rendre une bête qu'on lui avait confiée. Albert m'en a tout de suite parlé. Il m'a dit que mon fils ne voulait pas que l'âne reparte. Qu'il l'interdisait catégoriquement. Nous avons décidé de payer ce qu'il faudrait pour racheter l'animal. Je dis qu'il nous a interdit catégoriquement de laisser repartir l'âne, parce que tout dans sa façon d'être exprimait cela. Il n'a pas besoin de mots. Ni Albert ni moi ne pouvions plus approcher l'âne.

Non, il n'est jamais menaçant avec moi. Il peut s'agacer parce que je ne comprends pas. Ou parce que je ne suis pas d'accord. Mais menaçant, non. Insistant, par contre, ça oui. Pour l'âne il a insisté jusqu'à ce que j'accepte sa demande.

Mais non il n'a pas volé cet âne ! Je vous dis que nous l'avons racheté à son propriétaire ! Il n'a rien volé.

Vous vous rendez compte de ce que vous dites ? Mais comment voulez-vous qu'il ait pu voler une petite fille ? Où ? À qui ? Il n'allait que chez Albert, nulle part ailleurs ! Il ne voyait personne d'autre qu'Albert ou moi ! Vous avez interrogé les gens de la vallée ? Ils ont dû vous le dire que personne ne le rencontrait jamais, à part Luc quand il courait. Comment aurait-il volé un enfant ? Vous l'imaginez descendre jusqu'à Saint-Marcel, entrer dans la cour de la maternelle et s'enfuir avec un gamin sous le bras ? C'est ça que vous imaginez ?

Mais bien sûr que je m'énerve !

Oui. Excusez-moi. Je vais me calmer. Je me calme. Voilà. C'est bon. Vous pouvez reprendre.

Oui, je suis d'accord avec vous. Il a bien fallu qu'il la trouve quelque part. Oui. Bien sûr.

Si j'avais été certaine qu'il s'agissait d'un enfant. Oui, je vous l'ai dit, je vous le répète, je suis à peu près sûre que si j'en avais eu la certitude je serais intervenue. Mais je n'étais certaine de rien, je vous l'ai dit aussi. Peut-être, oui, je le reconnais encore, peut-être que j'aurais dû chercher à savoir. Mais je voulais lui faire confiance. Faire comme j'avais toujours fait. S'il avait eu besoin de moi, il serait venu me chercher. Il se débrouillait très bien tout seul. Pour prendre soin d'un être en demande, il est plus doué que moi, plus doué que n'importe qui d'autre. Je lui faisais confiance.

Bien sûr que ce qu'il a fait, du point de vue des règles de notre société, c'est grave. Bien sûr que c'est un délit. Bien sûr que personne n'a à s'occuper d'un enfant inconnu sans signaler sa présence. Qu'il est inconcevable de faire dormir une petite fille dans une grotte, ou de la laisser sous la surveillance d'un âne. Bien sûr. Mais, ceci étant posé, est-ce qu'aujourd'hui c'est cela le plus important ? Est-ce que ce n'est pas, plutôt, de savoir pourquoi cette petite fille s'est retrouvée entre ses mains ? Qui la lui a confiée ? Pourquoi personne n'est venu la récupérer ? Il ne l'a pas volée, cette petite, de ça je suis absolument certaine. Je vous le redis, il ne sortait de chez nous que pour marcher dans la montagne et aller chez Albert. Il ne voyait personne. À qui l'aurait-il volée ? Ça signifie donc qu'on la lui a donnée. Ou alors on l'a mise sur sa route pour qu'il la trouve. On voulait qu'il en prenne soin comme il prend soin des bêtes. On la lui a confiée parce qu'il ne devait pas y avoir d'autre solution, on ne pouvait pas faire autrement. Je suis persuadée de cela. Je suis persuadée qu'elle est là, la juste piste que vous devriez suivre.

Mais non, je ne vous donne pas de leçons ! J'essaie seulement de vous aider. Je fais de mon mieux. Je veux y voir clair moi aussi. Et j'ai un avantage énorme sur vous, et cet avantage vous semblez oublier, je connais mon fils. C'est pour cette raison que je peux affirmer que s'il s'occupait depuis si longtemps de cette enfant, s'il gardait ce secret autour d'elle, si même à moi il n'en parlait pas, c'est que quelqu'un l'avait chargé, lui, uniquement lui, de cette mission.

Mais bien sûr qu'il est capable de s'occuper d'un enfant ! D'un bébé ou d'un gamin plus grand ! Bien sûr ! Qu'est-ce que vous imaginez ? Qu'à cause de son gabarit d'ours et de sa gueule tordue, c'est une brute ? Vous pensez vraiment ça ?

Mais comment voulez-vous que je ne m'énerve pas quand je vous entends dire des âneries pareilles !

Pardon.

Oui, je suis fatiguée.

Non, on ne s'arrête pas. On continue. Je me calme. Je vous promets de me calmer. On peut continuer. Je vous écoute.

Oui, c'est tout à fait possible qu'il s'occupe d'elle depuis tout bébé. Et cinq ou six ans, ça pourrait correspondre à ce moment où il a commencé à s'absenter souvent. Mais je voudrais vous préciser quelque chose. Je suis persuadée que tout est lié aux fées. Écoutez-moi, c'est important. Il a toujours eu un lien fort aux fées. À cause de leur histoire. Les fées, leur grotte. Non, laissez-moi parler, écoutez-moi. Quand dans la journée quelqu'un à l'école avait parlé des fées, il rentrait à la maison fou d'excitation. Petit, il a passé beaucoup de temps à chercher cette grotte. Ensuite il y allait souvent. Il ne me le disait pas forcément, mais à sa façon de sourire au retour, je savais qu'il revenait de la grotte aux fées. Il était jeune, je vous parle de quand il allait encore en classe, la grotte aux fées c'était son refuge, le lieu où il se sentait protégé de tout ce qui l'apeurait, la civilisation, le bruit, les voitures, les autres enfants en bande. Il a une relation particulière aux fées. Une sorte d'adoration. Ça fait sourire, bien sûr. Ça vous paraît n'importe quoi. Vous devez penser que je suis aussi larguée que mon fils. C'est sûr que défendre son enfant en racontant qu'il a une relation privilégiée avec les fées, ça ne doit pas servir sa cause. Ni la mienne. Mais j'insiste. L'explication, je suis sûre que ce sont les fées. Vous pouvez penser d'elles ce que vous voulez, il n'empêche que la sorte d'équilibre qu'il avait atteint depuis l'adolescence, c'était grâce aux fées. Je me doute qu'il vous faut du plus concret. Les fées, bien sûr, c'est tout sauf concret. Tandis que cette petite fille. N'empêche que l'explication est à chercher du côté des fées, je n'en démords pas.

Oui, ce bébé venait forcément de quelque part. Mais sur la provenance de cette petite, moi je ne peux absolument pas vous aider. Tout ce que je peux affirmer et répéter, c'est que mon fils était obnubilé par la légende de la grotte aux fées. Les gens du pays disent que les fées volent les bébés. Lui m'avait fait comprendre que non, les fées ne volent pas les bébés, au contraire, elles les protègent. Il avait réécrit la légende. Ce n'est pas un hasard qu'il ait caché cette petite fille dans la grotte. Il avait confiance dans les fées. Il croyait à sa version de la légende. S'il lui fallait protéger d'un danger un bébé, il me paraît logique qu'il l'ait confié aux fées.

Mais non, ce n'est pas n'importe quoi ! C'est n'importe quoi seulement si on se positionne en humains bien rigides, bien droits dans nos bottes ! Mais essayez de réfléchir comme lui. Essayez de faire un pas de côté. Je vous le demande. Essayez d'envisager les fées et leur légende, et mon fils au milieu avec ce bébé qu'on lui a donné. Essayez.

Bien sûr que je suis fatiguée, mais on s'en moque que je sois fatiguée ! Ce n'est pas ça qui importe. Je tiendrai autant qu'il le faudra, je suis forte, croyez-moi. On continue, je vous écoute.

Quand il était gamin, il apportait dans la grotte des choses de la maison. Il avait même construit des bancs pour les fées. Avec ces bancs, il avait procédé comme je le fais pour les bijoux. Il aime la précision, il a le soin du détail. Il adore ce travail d'orfèvre. C'étaient deux tout petits bancs. Je l'ai vu appliqué à travailler dessus longtemps. Il façonne toujours longuement le bois. Pour les fées, il a créé deux merveilles. Il voulait que ces bancs leur ressemblent.

Vous ne pouvez pas dire que l'école a été un échec. C'est vrai qu'il n'a jamais su lire ou écrire, mais moi je savais qu'il retenait des choses. L'histoire des fées, c'est lui qui l'a ramenée de l'école, c'est par lui que je l'ai connue. Il entendait. Il retenait. Il savait retransmettre.

Mais ce que me proposait cette Mme Lafont allait à l'exact opposé de ce qu'il lui fallait ! Vous savez pourquoi je suis venue m'installer ici avec lui, dans cet isolement ? Dans cette montagne que je ne connaissais pas ? Parce qu'on m'a expliqué, quand il était nouveau-né, que psychiquement il serait très diminué, et que donc il faudrait le faire suivre durant toute sa vie. Nous vivions en ville, il hurlait aux bruits des moteurs et des klaxons, aux coups d'accélérateur des voitures. Quand un bus passait sous nos fenêtres, il se mettait à trembler. Il tremblait, mais dès que je le prenais dans mes bras pour aller marcher dans le parc, il se détendait. S'il entendait le chant d'un oiseau, il souriait. Au cri du paon, il riait. C'est pour ça que nous sommes partis. Parce que j'ai compris que l'enfermer dans un hôpital, quoi qu'en disent les spécialistes, ne serait pas la solution. Parce que je savais que c'était de grand air qu'il avait besoin, de nature, de calme, d'espace. Il avait besoin de liberté, et son institutrice me proposait au contraire de l'enfermer.

C'est vrai. Quand elle a voulu l'envoyer en centre, je me suis arrangée pour que lui et moi on s'efface discrètement du paysage. À l'époque, c'était peut-être plus facile que maintenant. Je l'ai volontairement soustrait au système parce que la vie que je nous avais imaginée était la seule qui lui convenait. Nous deux, la montagne, les bêtes, les fées, c'était la bonne alchimie, il rayonnait. Pourquoi je l'aurais envoyé en établissement psychiatrique ? Pourquoi j'aurais écouté son institutrice alors que je savais qu'elle avait tort ?

Non, je n'ai pas la sensation d'avoir été une mauvaise mère. Non.

Il n'a pas de père.

Ça ne vous regarde pas. Et je ne vois pas ce que ça apporterait à l'enquête.

Non, je ne mets pas de la mauvaise volonté !

Comment voudriez-vous que je le sache ? Non je ne sais pas comment se porte la petite fille ! Non.

Mais c'est normal que cette petite crie ! C'est normal qu'elle pleure, qu'elle ne veuille pas qu'on l'approche, qu'on l'habille, qu'on la lave ! Si elle vit depuis bébé dans la grotte, si elle ne connaît que la forêt, les rochers, les bêtes, si comme humains elle n'a rencontré que mon fils et de temps à autre Luc, ça ne vous vient pas à l'idée qu'elle puisse être terrifiée par ce qui lui arrive aujourd'hui ? Vous ne voyez pas qu'elle est là, la maltraitance ?

Mais oui, je m'énerve encore ! Bien sûr que je m'énerve, encore et toujours ! Bien sûr ! Comment voulez-vous que je ne m'énerve pas ! Je veux bien essayer de me calmer, mais je voudrais que vous parliez à nouveau avec Luc. Il vous l'a dit, non, qu'il les croisait souvent ? Que sa présence ne leur a jamais posé le moindre problème. Il vous l'a dit que la petite n'a jamais eu peur de lui ? Il a dû vous le raconter, non ?

Il a dû vous dire qu'elle va bien. Qu'elle est normale, si c'est ça le mot que vous voulez entendre. Qu'elle est absolument normale. Il a dû vous le dire, non ?

Mais non, il ne m'avait jamais parlé de cette petite fille avant ! Je vous ai dit et répété que je n'étais pas au courant de l'existence de cette gamine. Je dois vous le redire encore ? Luc ne m'en avait jamais parlé, il ne m'avait jamais parlé avant que vous arrêtiez mon garçon. Mais depuis il m'a tenu compagnie, j'ai passé tellement d'heures à attendre devant vos bureaux, et c'est long d'attendre. En attendant, il m'a raconté. Si moi vous ne voulez pas m'entendre, écoutez ce que Luc raconte. Si moi vous me trouvez trop marginale, trop mauvaise mère, écoutez-le, lui. C'est quelqu'un de normal. Il vit en ville, il a une voiture, un métier que tout le monde connaît. Il est mieux dans la norme que moi. Écoutez-le, lui. S'il vous plaît.

Mais je le sais bien, ça ! Je sais bien qu'au final vous n'emprisonnerez pas mon garçon ! Qu'il sera jugé irresponsable. Je le sais bien. Et il finira sa vie en hôpital psychiatrique ! Faute de le boucler en prison, vous le ferez enfermer ailleurs. Vous le rendrez réellement fou. C'est ça que vous voulez ? Mais osez me le dire en face ! Osez me le dire en me regardant droit dans les yeux, moi, sa mère ! Osez me dire que c'est ça que vous voulez ! Le rendre réellement fou, mon petit.

Nous
les fées
voyons
ce que certains hommes
parfois
font aux femmes
sans leur demander
rien.

Sans demander
aux femmes
leur accord
sans leur demander
les hommes
avant.

Nous
les fées
devinons
ce que peut signifier
dans le monde d'en bas
être fille
être jeune fille
être femme.

Nous
dans nos tout petits corps
nos petits corps de fées
comprenons
ce que ce doit être
un homme
qui se moque
avant d'entrer
de demander.

13.

J'ai voulu vous rencontrer à cause de l'enfant. Ou plutôt à cause de la mère. Je ne la connais pas, ce n'est pas ça, je ne voudrais pas que vous croyiez que je la connais. Je ne viens pas pour vous dire qui est la mère, je ne sais pas qui est la mère, je suis désolée. Ma déposition ne va peut-être pas beaucoup vous aider, mais je voulais quand même vous voir pour vous raconter ce que réveille chez moi cette histoire. La mère de cette petite fille, ç'aurait pu être moi. C'est ce que je veux vous dire. Je comprends cette femme, je comprends son geste. J'aurais pu faire la même chose, j'aurais pu donner mon bébé aux fées. J'y ai pensé. Après que ça m'est arrivé, j'y ai pensé. C'était tellement inacceptable d'avoir vécu ce que j'avais vécu, et que de cette chose-là me soit venu un enfant. C'était tellement inimaginable. Les fées me paraissaient plus réalistes que cette réalité qui me tombait dessus. Je ne suis peut-être pas très claire, j'en suis désolée. Mais j'ai pensé que vous seriez sans doute des hommes, et c'est tellement moins évident à comprendre pour un homme, j'ai voulu venir vous expliquer. Pardon si ce que je dis est décousu. Mais ça m'est arrivé, ça, un bébé dans le ventre, un bébé en plus du reste, comme si le reste ne suffisait pas, comme s'il fallait insister, pour bien faire comprendre que oui ça s'était passé, que ce n'était pas juste un cauchemar. Pour moi, ce n'était pas concevable, ce n'était pas possible, un bébé de ça. J'ai accouché à l'hôpital. Sous X. J'aurais préféré l'abandonner aux fées. Je crois que c'est seulement une histoire de courage. Je n'ai pas été assez courageuse, je n'ai pas osé garder quelques jours l'enfant pour l'apporter ensuite aux fées. Je n'ai pas réussi. J'aurais préféré. J'aurais aimé que les fées veillent sur ce bébé plutôt que de le lâcher dans les bras de n'importe qui. Il n'y était pour rien. Les fées, ç'aurait été plus juste pour lui. C'est cela que je voulais vous dire. Je ne sais pas si je suis très claire, mais cette petite fille je suis persuadée que c'est un bébé confié aux fées. J'en suis certaine. Cette mère a été plus courageuse que moi, elle a franchi le pas que je n'ai pas osé franchir quand ça m'est arrivé. Je vous parle de choses qui remontent à très longtemps, de choses dont je n'ai rien dit à personne. Il m'a sans doute fallu tout ce temps, et entendre parler de cette nouvelle histoire. Je veux que vous compreniez bien. Je ne suis pas folle. Je suis quelqu'un de connu ici, de respecté. Personne ne pourrait se douter de ce qui est arrivé à Viviane Desroches, la pharmacienne de Saint-Marcel. Personne ne pourrait deviner que cette dame que je suis devenue, cette dame qui se tient bien droite dans sa blouse blanche derrière son comptoir, qui écoute les complaintes de toute la vallée et rassure chacun, que cette dame-là a accouché sous X il y a trente-deux ans et trois mois. Personne ne pourrait se douter que la pharmacienne de Saint-Marcel a abandonné son bébé, et que depuis ce jour elle n'en finit plus de regretter de ne pas l'avoir déposé sous la grotte aux fées. Vous me voyez, vous voyez une femme mûre, rangée, réfléchie. Je suis venue vous voir parce que je veux être sûre que vous m'entendiez. J'ai un âge assez respectable pour que vous ne preniez pas pour de l'outrage ce que je veux vous raconter. Je les vois passer à la pharmacie, ces jeunes filles auxquelles je devine que c'est arrivé, ou que ça peut arriver. Même ici. Ici comme partout. Vous êtes des hommes, je conçois qu'il soit plus difficile pour vous de réaliser ce que signifie d'être une jeune fille, le péril que cela sous-entend. Je ne dis pas que tous les hommes sont des salauds et toutes les jeunes filles leurs proies, je ne dis pas cela. Je dis que certains, et pas forcément ceux qui paraissent les plus instables ni les plus marginaux, certains dérapent. Pardon mais je vais être crue. Vous êtes des hommes, mais essayez d'imaginer ce que ça fait, des doigts, un sexe, qui entrent en vous quand vous ne le voulez pas. Essayez d'imaginer. Vous êtes là, à votre travail, un jour normal, avec votre collègue habituel, la routine, et puis vous ne comprenez pas pourquoi, vous ne voyez pas ce qui a pu se passer, déclencher cette furie, mais le gentil collègue vous bascule sur le bureau, vous plaque, vous écrase la tête au milieu des dossiers, vous murmure à l'oreille, bouge pas salope, dis rien, je veux pas t'entendre, et vous ne dites rien, c'est sûr que vous ne dites rien, parce que ce n'est pas concevable, c'est votre collègue, un gentil gars qui ne ferait pas de mal à une mouche, n'empêche qu'il vous tient les seins écrasés sur le bureau, n'empêche qu'il a déjà soulevé votre jupe, arraché votre culotte, n'empêche que vous sentez vos fesses à l'air et ses doigts à lui qui déjà s'immiscent, ses doigts qui s'enfoncent, et il s'en fout que ça glisse mal, que ça bloque, au contraire ça le stimule, et il vous répète t'aimes ça salope, t'aimes ça, et c'est sa voix, vous la reconnaissez parfaitement, c'est la voix de votre gentil collègue, celui qui vous appelle par votre prénom, qui vous fait la bise tous les matins, c'est lui qui maintenant vous laboure de ses doigts par tous les trous de votre corps. Je vais être plus claire. Puisque vous êtes des hommes, puisqu'un anus vous en avez un aussi, limitons-nous à ce seul orifice-là. Imaginez, puisque vous êtes deux face à moi, imaginez l'autre, votre voisin de bureau, ses doigts dans votre anus, pas pour jouer, non, pour faire mal, pour son seul plaisir si on peut appeler ça plaisir, et quand ce ne sont plus les doigts c'est le sexe ou d'autres choses encore, vous ne savez plus, vous n'arrivez plus à comprendre, c'est flou, de plus en plus flou, alors pour ne pas devenir folle vous vous raccrochez à des détails, des bêtises, vous fixez le dossier de Mme Lemarchand, le gros dossier rouge sur lequel votre nez s'écrase, le dossier avec le nom écrit à la main par votre collègue de son écriture si appliquée, le nom à quelques centimètres de vos yeux, Mme Lemarchand, et tandis que votre collègue vous déchire, vous insulte, vous saccage, vous ne voyez plus que ce nom, vous ne pensez plus qu'à cette Mme Lemarchand sur laquelle votre bouche bave, et vous savez déjà que vous n'en parlerez à personne, que personne ne pourra comprendre, mais Mme Lemarchand vous n'oublierez plus jamais son nom, comme si elle avait été le seul témoin, comme si avec elle vous aviez pu le partager, un peu, votre sale secret. Parce qu'ensuite, porter plainte, raconter, ce sera au-delà de vos forces. Moi j'ai trouvé plus facile de faire l'autruche, d'enfouir le souvenir très loin, très profond. Sauf qu'il y avait l'enfant dans le ventre. Cette trace. Alors les fées là-dedans, m'autoriser à croire aux fées, ça m'apportait une bouffée d'air. De temps en temps, à la place des cauchemars, je voyais les fées. Elles m'apparaissaient. Les fées de la grotte, celles qui s'occupent des bébés. On se raccroche à ce qu'on peut. Le monde réel était devenu trop dangereux, l'horreur pouvait surgir de partout, même de ceux qui paraissaient irréprochables. Heureusement il y avait les fées. Elles m'ont permis de ne pas en crever, de relever la tête, de continuer mon chemin de jeune fille puis de femme. Je leur parlais. Je leur parle encore. Ça peut paraître puéril. Je ne suis pourtant pas une gamine de quinze ans ni une illuminée. Il n'y a pas plus terre à terre que moi, pas plus pragmatique, ceux qui me connaissent vous le diront. Et pourtant. À toutes les jeunes filles qui vont connaître cette horreur, je souhaite de trouver des fées pour les aider à se redresser. C'est cela que je voulais vous dire. Celle qui a abandonné son enfant, ç'aurait pu être moi, Viviane Desroches, pharmacienne à Saint-Marcel. Ç'aurait pu être moi ou n'importe quelle autre. Une jeune fille d'ici, n'importe laquelle. Je voulais vous le dire.

Nous
les fées
le monde d'en bas
l'avertissons.

Tant que les filles
les jeunes filles
les femmes
il sacrifiera.

Tant que les égarés
entre quatre murs
il enfermera.

Tant que cela et tout le reste
ce grand n'importe quoi
il perpétuera.

Alors
torrents forêts bêtes
sur lui
leur courroux
déverseront.

Aussi longtemps que durera
ce grand n'importe quoi.

Torrents forêts bêtes
sur le monde d'en bas
déverseront
leur courroux
la maladie
la mort.

14.

Excusez-moi, commissaire, mais on a un problème. C'est le grand gars, il arrêtait pas, il se tapait la tête contre les murs, les poings, il était en sang, on savait plus quoi faire, on a ouvert la cellule, on aurait pas dû, mais il pissait le sang. On l'a fait, on aurait pas dû, on lui a ouvert. Les deux collègues ont pas pu lui passer les menottes, il les avait déjà assommés. Une terreur, commissaire, une terreur je vous jure. Moi j'ai eu le temps de rien, il est parti à zigzaguer partout dans les couloirs, à ouvrir toutes les portes. C'est un dingue, commissaire, je vous jure, un dingue. On peut pas le toucher sans se faire défoncer. J'ai crié de boucler les issues, qu'il puisse pas sortir, j'ai couru vous prévenir, je voulais arriver avant lui. Parce qu'il vous cherche, commissaire, je suis sûr que c'est vous qu'il cherche. Il va tout péter, c'est un fou furieux. Eh, commissaire, vous entendez ?

Commissaire, c'est lui ! Il arrive ! C'est lui, ce boucan ! Commissaire, il arrive ! Il va tous nous zigouiller ! Putain, il arrive, commissaire ! Il arrive ! Attention, commissaire, attention ! Il va... Commissaire ! Non, ne vous...

Putain je voulais pas, je vous jure, je voulais pas ! Je voulais pas. Mais j'étais obligé, hein, j'étais obligé, vous avez vu ? Oh putain, je vous jure, je voulais pas. Je voulais pas mais c'est parti tout seul. J'ai jamais fait ça, commissaire, je vous jure, c'est la première fois. Il allait tous nous crever, vous avez bien vu, non ? C'est légitime défense, vous êtes d'accord commissaire, c'est légitime défense. Vous le direz ? Vous me lâcherez pas, commissaire ? Vous me lâcherez pas, hein ?

DU MÊME AUTEUR :

Jehanne, Denoël, 1995 ; réédition Lunatique, 2014
Léo et Lola, Denoël, 1997
Tout pour Titou, Zulma, 1999 ; réédition Lunatique, 2013
Notre Père qui êtes odieux, Baleine, 2000 ; réédition Cairn, 2014
L'ours : les raisons de la colère, Cairn, 2006
Pas moins que lui, Lunatique, 2013
Des mots jamais dits, Buchet/Chastel, 2015
Nue sous la lune, Buchet/Chastel, 2017
Tombée des nues, Buchet/Chastel, 2018

COMPOSITION ET MISE EN PAGES
NORD COMPO À VILLENEUVE-D'ASCQ

CET OUVRAGE A ÉTÉ ACHEVÉ D'IMPRIMER
SUR ROTO-PAGE
PAR L'IMPRIMERIE FLOCH À MAYENNE
EN MARS 2021

N° d'impression : 97894
Dépôt légal : avril 2021
Imprimé en France